炎の恋人

フランシス・キング
横島昇 訳

未知谷
Publisher Michitani

目次

時及び所　十九世紀末から二十世紀中葉にかけてのイタリア

登場人物

ガブリエーレ・ダヌンツィオ　序幕《プロローグ》と終幕《エピローグ》では七十五歳。残りの場面では三十代前半。小柄で活発で屈強な男。しかし決して筋骨たくましいわけではない。盛時のダヌンツィオはすこぶる身嗜がよく、衣服に多額のお金をかけた。一方晩年の彼はその行動がはなはだ常軌を逸しており、周囲の人間の多くは、詩人が精神を病んでいると思っていた。実人生において、ドゥーゼと出会った頃、頭部に受けた決闘による傷で、彼の頭はすっかり禿げ上がっていた。男に対しては、大抵ぶっきらぼうで無愛想であったが、女性に対してダヌンツィオは、冷酷だが相手の心を虜《とりこ》にせずにはおかない魅力を発揮した。

エレオノーラ・ドゥーゼ　四十代後半。ドゥーゼの容姿はしばしば「平凡」と記されたりもするが、彼女は自らの意のままに美しく見せる比《たぐい》まれな愕くべき才能を持っていた。彼女の演技について書いた批評家はいずれも、その美しい声と手に言及している。しかし彼女の声については、何ら意識的な技巧なしに出されたように見えたサラ・ベルナールの所謂《いわゆる》「黄金の声」のようなものではなかった。普段の彼女は化粧気がなくいつも素顔で、服装にしても至って簡素だった。

ボーイト　かつてドゥーゼの恋人だった五十代前半の音楽家。『メフィストフェレス』の作曲者で、ヴェルディの歌劇の台本も手がけている。落ち着きのある力強い男で、その高潔さ故に、時として他人《ひと》の目に冷淡で無情な人間と映ることがある。実のところ、彼は人を惹きつける魅力に欠ける反面、偽善や自己演出とも無縁であり、ダヌンツィオとは全く正反対の人柄である。

シュールマン　ドゥーゼのマネージャー。五十代半ば。小柄で肥ったユダヤ人。素晴らしい商才の持ち主ではあるが、その態度にはいくらか女々しいところがある。ドゥーゼを大切に思ってはいるが、彼女を一人の人間として大事にしているというのではなく、あくまで自分の野望を盛る容器として重用しているに過ぎない。ダヌンツィオに不信感を抱いているが、詩人が自分のかけがえのないその器を台無しにし得る人間であると断ずるや、彼に反感をつのらせてゆく。

エンマ・ガッティ　当時としては珍しい貴族出の、丁度二十歳になる駆け出しの女優。情熱的で野心的な娘であるが、劇の初めの場面では、自分のうちにあるその情熱や野心の激しさに気付いていない。彼女はドゥーゼに心酔する一方で、反感を覚えながらもダヌンツィオに惹かれてゆき、ついには詩人の誘惑に抗しきれず、彼の愛人になってしまう。後のリサ・オルランディ同様、様々の実在女優のイメージから成っているが、その主要な雛形は、イタリアの有名な女優エンマ・グラマティカである。

トム・アントンジーニ　ダヌンツィオの著作の出版者で、詩人の生涯の友人。序幕と終幕では六十代半ば。残りの他の場面では二十代前半。性格に深みはなく、序幕と終幕では已れのかつての英雄に幻滅を感じているものの、他の中心的場面における彼は、詩人に心服しており、その残虐さや裏切りに対しても寛容である。

イタロ　ダヌンツィオの召使。序幕と終幕では五十代後半だが、その顔付は、実年齢より老けて見える。劇の中心的な他の場面では十九歳。青年時代の彼は、まばゆいばかりの美貌の持ち主。ダヌンツィオの物腰をまねることを好み、自らを主人に似せようとするその努力は周囲の失笑をかうほど。

リサ・オルランディ　イタリア生まれの映画女優。三十代前半。映画でドゥーゼを演じるという夢にとりつかれた多くの著名なハリウッド女優のイメージの混成といった存在。美しいが、真の思いやりや素直さに欠ける。

リッツオ　ダヌンツィオを迷惑な訪問客から守るという口実のもとに、詩人の見張りとしてムッソリーニから派遣された警務部長。四十代前半の、陰気でむっつりした男で、ダヌンツィオに対して冷ややかな恭順を、また彼の訪問者に対しても冷淡な丁重さを示す。

炎の恋人

二幕

一（第一幕第一場）

プロローグ。一九三八年。かのムッソリーニが数年来、自らの先駆者とも最大の敵対者とも見なしているダヌンツィオを軟禁している醜悪な館、ガルダ湖畔にあるヴィットリアーレ邸の中の居室。邸内には、息苦しく精神的苦痛をもたらすような雰囲気が漂う態。室内には、この館の他の室内同様豪華な家具やあらゆる種類の骨董品や華美な装丁の書物、あるいは目も綾な掛け布やクッション、また往年のダヌンツィオの文学者としての、軍人としての、そして恋愛人としての功績《いきざま》を証する数々の品が無造作に所せましと置かれている。もし舞台上にダヌンツィオが終の住処《すみか》としたこのヴィットリアーレ邸の居室をより忠実に再現しようとするなら、その天井には飛行機のプロペラが、壁の一つにはナポレオンのデスマスクが、部屋の片隅には、トルコ政府の高官より贈られた豪華な刺繍布の掛けられた、ミケランジェロの手になるダビデ像の複製が飾られるべきであろう。

ダヌンツィオがヴィットリアーレ邸に隠棲を始めたのはまだ六十歳になりたての頃であったが、詩人は当時から実際の年齢より遥かに老けて見え、奇行、奇癖が目立ったため、世間にはこの十数年来彼について、老いさらばえすっかり耄碌しているとの噂が絶えない。三十代より禿頭の彼は、今や腰がかがみ、口髭は白くなっているが、やつれた目は絶え間なく動き、その皺深い顔には、いつも怒りっぽい不満に充ちた表情がうかんでいる。

ダヌンツィオの友人でかつての詩人の著書の出版者トム・アントンジーニは現在六十代前半であるが、少なくとも実年齢よりは十五歳若く見える。彼は今もって端麗な顔つきで、身嗜《みだしなみ》もよい。彼はかつての自分の主人を軽蔑と哀れみと愛情の入り混じった目で見ている。

幕が開くと、アントンジーニは椅子に腰かけており、一方ダヌンツィオは、甲高く苛立った声で、戸口の背の高い物静かな男を叱責している。咎めを受けているのはジョヴァンニ・リッツオという男で、彼は黒いあやラシャのスーツとネクタイを身につけているため一見執事のように見えるが、実はダヌンツィオの見張りとしてムッソリーニから派遣されている警務部長である。

ダヌンツィオ　とっとと失せろ！　言っただろう。私は忙しいんだ！　邪魔をしないでくれ！

リッツオ　ですが閣下、[1]ただ私《わたくし》は、あのご婦人、あのアメリカのご婦人のお計らいは、一体いかがなさるおつもりかと、それだけを……

ダヌンツィオ　失せろと言ったはずだ。

リッツオ　ですがあのご婦人は、再三お電話をお寄越しで。今朝も……、それに、午後は三度でございます。

ダヌンツィオ　その話は聞きたくない。後だ、後にしてくれ！

アントンジーニ　（冗談で）おや、ガブリエーレ、いつから君は、女の話が聞きたくなくなったんだい――相手は、アメリカのご婦人だというのにさ。

（ダヌンツィオ、アントンジーニの言葉を無視する）

リッツオ　閣下、私は閣下のご指示さえ伺えればそれで――

ダヌンツィオ　ならばとっとと出てゆけ！　それが私の指示だ。

（ダヌンツィオは今やドアを支えにして、片方の腕でリッツオを部屋の外に追い出そうとする。感情を高ぶらせたダヌンツィオに体を押されても、リッツオは相手の意志に逆らうようにしばしの間戸口に踏ん張っているが、そのうち、分かったというように頭を下げる。だが、恭順なその態度の背後には、相手への軽蔑の気持が潜んでいる）

リッツオ　分かりました閣下。仰せのとおりに、仰せのとおりに致します。

（リッツオ、部屋の外に出る。ダヌンツィオはあらん限りの力でドアをバタリと閉める）

ダヌンツィオ　阿呆めが！　奴は僕がこうして君と二人きりになることが我慢できんらしい。どうせ奴か奴の手下は、廊下か窓の下にでも立って、こっちの話に聞き耳を立てていることだろうさ。

アントンジーニ　（笑いながら）考えすぎだよ、ガブリエーレ。一体どうしたら、我々の話の一切合切に相手が神経をとがらせているなんていう発想が出てくるのかね？――君って人間は、本当に疑り深いんだから。

（ダヌンツィオ、ソファーのアントンジーニの傍に腰を下ろして声を低める）

ダヌンツィオ　いや、そうじゃないんだトム、こっちは猜疑心でものを言ってるわけじゃない。そういうわけじゃ全然ないんだ。奴は僕を見張らせているのさ、昼夜を問わずね。

アントンジーニ　リッツオがかね？

ダヌンツィオ　いや、リッツオじゃない。あいつはただの下っぱさ。上層部《うえ》の命令で動いているにすぎん。僕の言っているのは、他の人間のことだ。

アントンジーニ　他の人間？

ダヌンツィオ　（さも苦々し気に）われらが偉大な首相殿のことだよ。ここには僕の召使と称する輩《やから》が七人いるが、そのうちの少なくとも五人は、奴の命令で動いている。ああ、君の言いたいことは分かっている。そう笑わないで、笑わないでくれ。君は覚えているかね、あの男がこっちにリッツオを派遣《よこ》したとき、それはいかにも、僕に対する敬意とか寛容さとか親切心とかいうものの表徴《しるし》のように見えたものさ。「貴下の安息を脅かそうとする、ふとどきな来訪者達を追い払うことをその任務とする、力強く聡明な官吏」と奴はあいつのことを宣《のたま》った。――「貴下の安息を脅かそうとする、ふとどきな来訪者達を追い払う……」。お蔭で、こっちは子供たちにさえ碌に会えやしない。

アントンジーニ　ガブリエーレ、そりゃあ根拠のない妄想だよ。

ダヌンツィオ　（突然この古い友人にさえ疑いの目を向ける）ああ分かったよ。もうこの話はよそう。でも結局のところ、この妄想ってやつも、人がこの僕にまだ損なわれずに立派に残っていると思っている想像力のひとつなのさ。

（ダヌンツィオがリッツオを叱責している間、アントンジーニは彼の傍の臨時テーブルの上に積まれたままになっている手紙に目を遣っていたが、その手紙を指さしながら言う）

アントンジーニ　君はもう秘書を雇っちゃいないのかい。ここに積んである手紙だけど、少なくとも五十通はまだ封が切られてないね。

ダヌンツィオ　放っておけよ、そんなもの。そんな手紙なんぞ、突拍子もない寒さや暑さと同じで、こっちにゃどうにもならない天災《わざわい》なのさ。そういう迷惑なものには、無闇とかかずらわないのが道理ってもんだ。いいから放っておけって。触るんじゃないったら！（ここで急に機嫌が直って）ねえ、トム、僕は君とこうして再会できて、どんなに嬉しいかわかりゃしない。でもなんだって、こんなに長い間会いに来てくれなかったんだ。

アントンジーニ　とんでもない。君との面会を果たすため、こっちは今日までどれだけ骨を折ってきたことか。ここにある手紙の封を切れば、そのうちの少なくとも十二通は、僕からのものだってことが分かるはずだよ。

ダヌンツィオ　僕は変わったかい。君は、僕が変わっちまったと思うかい？　正直に言ってくれよ。

アントンジーニ　（不安そうに）僕らは二人とも変わっていない、歳を取らなかったって言いたいのかい。

ダヌンツィオ　僕は他人《ひと》とはちがうんだ。すべては昔のまんまだよ。……だのにトム、何だって僕は、平らな路を突っ走ったり、街の雑踏を通り抜けたりっていうありきたりのことが出来ないんだ？　それどころか今の僕は、机の前に坐ってモノを書くことすら出来やしない。トム、僕はもう何も、何も書けやしないんだよ。

アントンジーニ　君は既に、みんなが愕くほどたくさん書いているじゃないか。

ダヌンツィオ　僕は今や獄につながれた、古代キューミのあの女予言者と同じだよ。こっちの牢屋はこの金ぴかの犬小屋さ。あいつはここにこうして僕を閉じ込めて、飼い殺しにしてるんだ。キューミのその女予言者は、そこの子供たちに「いま何をお望みですか」と尋ねられて、「私の望みはただ死ぬことだけです」と応えたそうだが、僕の望みも同じさ。この世からは、せいぜい早くおさらばしたいね。それが唯一の願いだよ。（ト突然顔を輝かせて）手紙の話なら、僕はぜひとも君に、ある便りのことを話しておかなくっちゃならない。僕はちゃんとそれを持っている。（トポケットの中をまさぐり、漸くしわくちゃになったピンクの封筒を取り出すと、中から短い手紙を抜き出して読む）「女心の秘密のすべてに通暁なさっている高名な大作家の貴方様、どうぞこのあたくしが、何故かくも打擲《ちょうちゃく》されることに喜びを見いだすのかをご説明下さいませ。どうぞカラーラの郵便局の方まで書留でご返事を。あたくし、この地に十八日まで滞在しております」

アントンジーニ　（笑いながら）で、君はその女《ひと》に返事を？

ダヌンツィオ　いや、まだだ。でも一筆したためようとは思っている。彼女には、僕らの旧友のマリオの住所を書いてやるつもりだ。あいつは確か、カラーラの近くに住んでいたね。人間だれしも、他人《ひと》に喜びをもたらすことを躊躇《ためら》っちゃいけない。（ト突然、手紙を凝視する彼の顔から笑みが消える）いやダメだ。もう遅すぎる。見てごらん、手紙の日付は一月三日になっている。五ヶ月、五ヶ月も前だよ。でも、あれから本当に、五ヶ月も経ったのかしらん。（ト一瞬顔をくもらせ沈黙する）時は、時は、本当に恐ろしいものだ！

（突如彼は机上の手紙の束を取り上げ、それらを引きちぎろうとする。引きちぎられた手紙の二、三の紙片が床の上に落ちるが、束の残りは、か弱い彼の力では破くことはできない）

こいつをみんな、破いちまってくれ！

アントンジーニ　いいや、破かないほうがいいよ。覚えちゃいないかい、手紙の始末についちゃ、僕は昔言ったはずだよ、それらを、最近のもの、一寸《ちょっと》日にちの経ったもの、大分以前のものと三つに仕分けして、それぞれ箱の中にしまっておくようにってね。そうして、三番目の一番古いやつの入った箱が一杯になったら、中身を抜き出して、返事を出さなかったものについちゃそれらを綴じて蔵《しま》っておくのさ。君がいま手に持っているやつも、同《おんな》じようにしたらいい。

ダヌンツィオ　新聞や電報にしたところで、それを開いて読もうという気を失くしてから随分と日が経つ。今じゃ数日間、一人の人間の顔、そうさ一人の召使の顔だって見ないで過ごすことが珍しくはなくなった。僕はもはや、ブレッシァの突撃で勇名を馳せた、あの騎士のバヤーと同様に墓石の下の人間さ。君は覚えているかね、中世騎士の鑑《かがみ》と言われたあの男の言葉を。奴は言った、「もはやそれがしに戦闘《いくさ》は叶わぬ、わが命脈《いのち》尽きた上は」とね。だがこの武人は少なくとも、「都市《まち》は陥落せり」と雄叫《おたけ》びをあげることが出来た。だがこの僕に叫べるのは、「一巻の終わり！」ということだけだ。……ところで、エンマがここへ来たんだよ。――エンマ・ガッティが、二、三日前、ここへやって来たのさ。（額に手を当てて）少なくともあれは二、三日前だった気がする。

アントンジーニ　ほう……。エンマのことなら実は去年、『ロミオとジュリエット』の舞台に、彼女がジュリエットの乳母役で出ているのを観たよ。それでエンマは、一体どんな様子をしていたね？

ダヌンツィオ　恐ろしい、何ともまあ恐ろしいことだ。……想像だにしなかったよ、あの落ちぶれようだけは……。エンマはね、ここへ若い親戚の女と来たのさ。嫁入り前の娘とね。最初彼女が現われたとき、僕は自分の前にいる女が誰だか、全くもって判らなかった。ああ、エンマはあの瞳を失っていたのさ！　覚えているだろ、彼女のあの美しい瞳の輝きを。でもエンマはもはやそれを失い、哀れをさそう、ただの小柄な老女になり果てていた。彼女の変わりようが余りにひどいものだから、僕はもう、相手が昔どんな顔立ちをしていたのかさえ直ぐには思い出せないぐらいだった。……もっとも彼女は彼女で、こっちがあの女《おんな》のことを哀れむのと同じくらい、この僕のことを哀れんでいたようだ。エンマはあそこに、あの戸口のところに佇《たたず》んでいた、まるで何かに怯えているみたいにね。それを見ているうちに、若かりし頃の、彼女のあのびくびくした顔付きがまざまざと思い出されたよ。ホテル・ダニエリにいるエレオノーラの許を初めて訪ねてきて、自分も彼女の許で芝居がやりたいと言ったときも、あの女は丁度あんな感じだった、戸口のところに突っ立ったまま、オドオドしていたものさ。

（ドアをノックする音。アントンジーニはその音に気付くが、ダヌンツィオはそれに気付かぬ様子。さらに大きくドアをたたく音。ついにドアは開けられ、四十年間ダヌンツィオに仕えている老僕のイタロの顔がのぞく）

イタロ　失礼いたします、閣下。

ダヌンツィオ　どうしてここへ入ってきた。お前には分からないのかね、私が……

イタロ　閣下、誠に相済みません。ですがあのアメリカのご婦人が……（ト主人の前に名刺をのせた円形の盆を差し出す）

ダヌンツィオ　（怒りのために、言葉はかなり聞き取りにくい）出て、出て行け！　お前には既に言ったはずだ、私はもう誰にも会わんとな、誰にもだ！

（リサ・オルランディ、ダヌンツィオとイタロの間に割って入る。彼女は三十代中頃の、イタリア生まれのハリウッド女優）

オルランディ　お許し下さいませ。悪いのはこの私《わたくし》にございます。私が、どうしても閣下にお取り次ぎをとしつこくせがみましたもので。どうぞもう、この方をお責めにならないで下さいませ。私、ぜひとも閣下にお目にかかりたくこのガルドーネに参ったのでございますが、五日間の間いくら待ってもお目通りが許されませず、やむなくこうしてお訪ね致した次第にございます。本当に閣下は、お目にかかるのが世界で一番むずかしい方でいらっしゃいますわね。

ダヌンツィオ　奥様、この際ぜひともお分かり頂きたいのですが……

（イタロ、部屋から後ずさりする。アントンジーニ、微笑みながらオルランディの傍へ寄ろうとする）

アントンジーニ　ガブリエーレ、忘れたのかね。三年前僕がここに来たとき、一緒にこのオルランディさんの『マグダ』を観たのをさ。君の作品が原作《もと》になっている映画だろ。あの時君は言ったじゃないか、彼女のお蔭で、俺はシネマが十番目の女神だってことが分かったとね。それからこうも言ってたな、あのマグダを凌《しの》ぐのは、ドゥーゼただ一人だってね。（オルランディの方をむいて）オルランディさん、司令官殿[2]はね、このヴィットリアーレ邸の中に専用の映画室をお持ちなんですよ。

オルランディ　閣下、私、どうしても閣下にお目にかからねばなりませんでしたの。もしこうしてお会いすることが出来なければ、プロデューサーのレビイさんは、金輪際私を許しはしなかったことでございましょう。あの方、いくら閣下に手紙や電報を差し上げても梨のつぶてだって、それは落胆なさっていて……。いえ、そればかりじゃございませんわ、レビイさんがわざわざパリからお遣《つか》わしになったあの代理人の方にだって、一切お会い下さらなかったんですもの。

ダヌンツィオ 奥様、それは相手が貴女であっても同じことです。さあ、どうぞお引き取りを。

オルランディ （まるでダヌンツィオが冗談を言っているとでも言いたげな笑みを浮かべながら）いいえ、そうは参りませんわ。何故ってこの面会には、私の女優生命がかかっておりますもの。もし閣下から色好いご返事が頂けなければ、こちらが既に会社側と交わしている契約だって……。ねえ、五分間で結構ですから、お時間を頂戴できませんこと。実は、私がこちらに居《お》りますのは、今晩だけですの。明晩にはローマで私用がございましてね。たとえ私が当地に死ぬほどうんざりしていなかったところで、そう云う予定になっておりますの。本当にこの町の退屈なことといったら。一体土地の人たちは何がよくってこんな所に住んでいるのでございましょう。（ト周囲を見回す）ああ、これが今まで何度となく聞かされてきたヴィットリアーレ邸ですのね。（ト窓辺による）どうして閣下は、こんな風にカーテンを閉めたままになさってますの。開けて差し上げましょうか、私？ここからなら、湖の素晴らしい景色がご覧になれますわよ。（彼女はカーテンを開けようと

腕を上げるが、ダヌンツィオの制止に遭ってその腕をおろす）

ダヌンツィオ　どうぞカーテンはそのままに。奥様、私は今大事な用事をかかえているのです。ですから貴女のお話を伺う時間《いとま》はありません。折角《せっかく》ですが、忙しいのです。どうぞお引き取りを。ただいまイタロに送らせますから。だいたいあれには、貴女のような訪問客の取り次ぎは一切しないよう言ってあるんです。言い付けは守らせませんとね。宜しければ、私の車でホテルまでお送りいたしますが。

オルランディ　あの、そう仰らずに、閣下、お願いですから、五分間だけ、私の話をお聞き頂けませんかしら。お手間は取らせませんわ。私、閣下にお目にかかるために遙々《はるばる》フィレンツェから参りましたのよ。なにしろこの暑さでございましょう、そりゃあ大変な道中でしたわ！　それに明日の午後はローマ行き。そして土曜日には船でアメリカへ。こんな私に、五分ばかりお時間を都合して下さったって宜しいじゃございませんの。お願いですわ。私、レビイさんと私、閣下の作品のことで、先ほど申し上げたように、一寸ご提案したいことがございますの。決してお手間は取らせませんから、少しだけ私たちの話、お聞き下さいませよ。

（ダヌンツィオ、無言のままゆっくりとオルランディの傍に寄る。オルランディの自信は、それによって見る見る失せてゆく。ダヌンツィオ、しげしげと彼女を見つめる）

ダヌンツィオ　貴女はどなたです。私は貴女のことを存じ上げません。貴女はこの私に、一体何をお望みで？　貴女のお名前は？　お名前は何と仰います？

オルランディ　私の名前をご存じないなんて……、そんなはずはございませんわ。（オルランディ、ダヌンツィオの言葉に当惑すると同時に、一寸怯えたような様子をする）

アントンジーニ　（オルランディのことを庇って）さあ、オルランディさん、こっちへ来て、ともかくここへおかけなさい。

オルランディ　（嬉しそうに）どうも有難うございます。助かりますわ。あのう、先生のお名前は、何と仰いました？

アントンジーニ　アントンジーニです。司令官殿が新聞をお読みでしたら、貴女様のことも全部ご承知でしょうけれどね。何分……。私、今朝もオルランディさんの美しいお邸についての記事、汽車の中で拝見しましたよ。

オルランディ　この館《やかた》のすばらしさとは比べものになりませんわ。私、こちらへ伺う途中水上飛行機を拝見しましたけれど、あれも閣下の専用機ですの？

ダヌンツィオ　奥様、貴女のご用件を仰って頂けますか。ただしどうぞ手短に。私は貴女のことを客とは思っていない。しかしこの際、そちらに話があるというのなら伺いましょう。ただし要点だけにして下さい。くだくだしいお喋りは無用に願います。

オルランディ　承知いたしました。もちろん、そうさせて頂きますわ。（ト前屈みになる）それで、第一に申し上げたいことはですね、私より熱心な閣下の読者はこの世にいない、ってことですの。私、女学生の頃、もう思い出すのも躊躇《ためら》われるぐらい随分昔のことでございますけれど、当時学んでおりました修道院でこっそり『炎の恋人』を拝読した日より、ずっと閣下の作品を愛読して参りましたの。それに、これもぜひ申し上げておかなきゃなりませんけれど、私一度、ドゥーゼさんの舞台も拝見しておりますのよ。それは私がナポリを発ってアメリカに着いた直後のことで、あの方は既にご高齢で、余命幾許《いくばく》もない状態でした。私の観たものが、ドゥーゼさんのほとんど最後の舞台であったろうと存じます。一旦引退なさったあの方が再度舞台にお立ちになったのは、何でもお金にご不自由なさってのことだったとか。私が拝見したその舞台と申しますのは『海の淑女』、あの方の役所《やくどころ》はエリダ・ワンゲルでございました。ドゥーゼさんはあの時六十五、いえ六十六歳でいらしたかしら。とにかくそんなご高齢で若いエリダ・ワンゲルを演じておいででしたの。御髪《おぐし》の方ももうすっかり灰色で、広いステージにぽつんと一人、そのお姿はなんて小さく映ったことでしょう。それは心細そうにビクビクして……。ですが一旦演技が始まると、ドゥーゼさんは……

（ダヌンツィオ、席を立つと部屋の中をゆっくりと行きつ戻りつしているが、ややあって突如声を高くす

る）

ダヌンツィオ　奥様、早く、ご用件を！

オルランディ　閣下……（彼女もまた椅子から立ち上がる）実は私、ぜひともドゥーゼさんを演《や》ってみたく思いますの。レビイさんは、あの方と閣下のことを映画に撮《と》ってみたいと仰っておいでです。それは素晴らしい作品、とっても素晴らしい恋愛映画になりますわ。もしも閣下がその脚本をお引き受け下さるなら……でもそれはあまりに厚かましいお願いですから、そちらについては、私どもで準備させて頂くつもりですの。でもその台本の執筆にあたっては、どんな細かい事柄でも万事閣下のご了解をたまわりたいと思いますわ。ストーリーの下敷に、閣下の『炎の恋人』を使わせて頂くのは無論です。私ども、あくまで原作の精神に忠実な映画作りを心がけてゆくつもりですから。（トカーテンを閉めながら窓辺に佇んでいるダヌンツィオの方へ歩を進める）ねえ、素晴らしい企画でございましょう。それはわくわくするような素敵な映画になりますわ。間違いなくね。そうはお思いになりません？　アントンジーニさん、私たちの企画、いかが思《おぼ》し召して？

（ダヌンツィオ、突然目の色を変え、怒りにもえて、オルランディに唾を吐きかける。詩人のこの態度に、相手は肝をつぶして怯える）

ダヌンツィオ　これまでにも、そういう下劣な申し出をしてきた輩《やから》は大勢いる。よくもくだらない！　貴様たちのたくらんでいることは、エレオノーラ・ドゥーゼとこのダヌンツィオの中傷以外のなにものでもないんだ。貴様たちは、その映画とやらがどんな類《たぐい》ものかのか、この私が知らないとでも思っているのか。貴様とレビイが作ろうとしているその世界は、嘘と中傷とおぞましい汚物がない交ぜになった、野卑な絵空事だ。

アントンジーニ　ガブリエーレ、止さないか！

ダヌンツィオ　もちろん、もちろん私には分かっている。貴様たちの考えていることは、私たちの芸術に対する中傷であり冒瀆だ！　あの偉大なドゥーゼを、貴様、貴様ごときが演ずるなどと、そんな考えがどこから出てきたのだ。これを見るがいい！

（ダヌンツィオ、オルランディの口に掌をあてる。相手はダヌンツィオが自分をぶとうとしていると思って縮み上がる。が、ダヌンツィオは親指の付け根で相手の唇をこすると、口紅で赤くなったその手を前に差し出す）

ドゥーゼは口紅は使わなかった――舞台に立っているときでもな、絶対にだ！　なのに貴様はどうだ。この、この薄汚れた赤い色を見るがいい。（逆上したようにオルランディに金切り声をあげる）おお、まるでヨハネの聖母エリザベスを思わせるその気品に充ちた顔立ち。だがその心は膿《う》み爛《ただ》れている。貴様は聖女の仮面を着けたマルキ・ド・サドだ。さあ行け！　ここを立ち去るがいい。今すぐにな。一刻の猶予もならぬ。予モンテネヴォーゾ伯爵[3]は、そなたに、直ちにこのガルドーネを立ち去ることを命ずる。さもなければ即刻死刑だ！　聞いておるのか、死刑と言っておるのだ！　そして今ひとつそなたに忠告しておこう。今後二度と再びこの館に足を踏み入れてはならぬ！

アントンジーニ　（このダヌンツィオの痛罵の言葉が吐かれる間、ずっと詩人を黙らせようとしているが、ついにダヌンツィオとオルランディの間に割ってはいる）止さないか、ガブリエーレ……それだけ言えば充分だろう。……それじゃあ身体《からだ》をそこなうだけだ。君には分かっているはずだ、ガブリエーレ、そうやって感情的になることが、どれほど自分の健康を害することになるかってことがね。

（ついにアントンジーニは彼の腕をダヌンツィオの身体にまわし、半ば詩人を先導するように、半ば引っ張るようにしてソファーまで連れてゆく。ダヌンツィオはオルランディに向けた怒りのために疲れ果て、身体を慄わせながらソファーの中に頽《くずお》れる）

アントンジーニ　折角ですが、今日のところはお引き取り頂いた方がよいと思います。

オルランディ　閣下はどうしてこの私に、こんな口のきき方をなさいますの？　こちらの申し上げることは、何も分かっては下さらない。本当に何でこんなに乱暴な……私たちの制作《つく》ろうとしている映画は——

アントンジーニ　（彼女の言葉を遮るように）ええ、ごもっとも、仰ることはごもっともです。

ですが、今のようなことは、今度が初めてじゃありませんでね。仰っておられるような映画制作《づくり》のお話は……。いえ、何でもありません、過ぎた昔のことを、とやかく申し上げることもないでしょう。とにかく、今日のところはお引き取り頂いた方がよろしいかと。

オルランディ　私たちの企画、閣下によくお伝え下さいませね。お願いですわよ。閣下ったら、私たちのこと、すっかり誤解なさって。貴方様の方から巧くお執りなしをね。もしお金のことが問題なら……

アントンジーニ　仰ることはよく心得ておりますから。

（ダヌンツィオ、顔に腕をやり、ソファーの上に長々と横たわっている）

オルランディ　お願い致しましたよ。私、明朝、出直して参りますから。頼りにしてますわ。

（イタロ登場）

アントンジーニ　イタロ、この方をお送りして。オルランディさん、宜しかったらお車で……

オルランディ　いえ、いえ、そのようなお心遣いは無用ですわ。私、専用の車を外に待たせておりますの。でも色々ご心配頂いて。（アントンジーニの手を両手でかたく握りしめて）私たちの映画のこと、何とぞ宜しくお願い致しますわ。今度の企画は、私の長年の夢なんですの。だってそりゃあダヌンツィオ先生は、ずっと私が憧れつづけてきた作家なんですもの。

（オルランディ、室外へ出て行く。アントンジーニ、ソファーの方へ歩を進める）

アントンジーニ　ガブリエーレ、君は長年にわたる、彼女の憧れの作家なんだってさ。どうするね？　考えても見たまえ、サラ・ベルナールにしてもエレオノーラ・ドゥーゼにしても、もはや遠い過去の人間だ。けれども今のオルランディさんは、膏《あぶら》ののりきった現役の女優だろう。フィレンツェじゃ彼女、例のピッティ美術館に行ったところが、ファンが殺到して、とうとう屋内《なか》には入れなかったそうだ。ミラノのスカラ座じゃ、観客は誰も女王には見向きもせず、ひたすらオルランディさんに目を遣っていたという。

ダヌンツィオ　（立ち上がって）どうにも気分がすぐれない。（後頭部に手を当てて）目眩《めまい》がしてね、頭痛もひどいし。

アントンジーニ　そりゃあ仕方ないさ。あんなに喚き立てた後だもの。いいかい、オルランディさんが持ってきた話は、君からすれば、ダヌンツィオとドゥーゼに対する紛《まぎ》れもない冒瀆ということになるかもしれない。でも君は紳士だろう。アブルッツォの百姓じゃないんだ。あんな風に彼女を傷つける理由《いわれ》はないはずだよ。

ダヌンツィオ　あの手の話はみんな中傷だ。僕に対する、僕とドゥーゼの神聖な愛の想い出に対する中傷なんだ。あんな売奴《ばいた》なんぞにどうしてドゥーゼが……

アントンジーニ　ガブリエーレ！……君は僕にくれた手紙の中で、お金のことを、何時もお金に不自由していることを書いていた。もしも君にそれほどお金が入り用なら、この際……

ダヌンツィオ　君は僕が、自分ばかりかドゥーゼのことを、あの女の後ろにいるごろつき、奴を操っている女衒《ぜげん》どもに売り渡すほど恥知らずな人間だと思うのかい。君はそんな風にしか、僕のことを考えちゃいないのかね。（彼の怒りはぱっと燃え上がるがすぐにまた収まる）僕はこれまで、自分たちのことを充分売りものにしてきた――いや充分すぎるほどにだ。だから、こんな所に居なきゃならないハメになった。私事《わたくしごと》を醜聞《スキャンダル》に仕立てたことが、あの男の囚人にされてしまった理由だ。君は、奴が側近の一人に、何故僕のためにこれほどの大金を注ぎ込むのかと訊かれた時の返事を知っているかね。あいつはこう応えたそうだ。「虫歯が痛み出したら、そいつを抜き取るか、穴を金で埋めるしか手はない」だとさ。僕は今や腐った歯だ。聖霊を与える力を買い取ろうとしたサマリアの魔術師サイモン・メイガスにペテロが口にした台詞じゃないが、僕はあいつに「ペクーニア・トゥア・テークム・シット、お金はしまっておけ」というべきだった。だが、できなかった。何だって、何だって僕にはそれが出来なかったんだ。（前屈みになり顔を両手で覆っているが、やがて立ち上がる）ドゥーゼは病魔に侵されていても、そう、たとえ血を吐き、熱に身体を慄わせ、痛みに顔をゆがめていても、ベッドから起きて、悪寒に慄えながら、すきま風のはいる劇場に行って舞台に上がったものだ。金が必用だったわけじゃない。金のことなら、充分な蓄えがあって、無理に舞台に立たなくても、のんびりと贅沢をして養生することの出来る時期もあった。なのにそんな時も、彼女は病体に鞭打って舞台に立ちつづけた。何故だと思う。……それは、ドゥーゼが女優だったからだ。僕もまた、彼女と同じように一人の俳優だ。僕には観客が必用だ、舞台が、人々の拍手喝采が、彼らの敬意が必用なんだ。ここには、僕の過去を顕彰するものが全て揃っている。けれど僕は、そういうものなしで済ませる、そのすべてを奴の顔に投げつけるだけの気概をもつべきだった。たとえそうすることが、貧困や流刑や死を意味するとしてもね。

アントンジーニ　流刑や死、……まあそう云うものなら、君には受け入れられたろうさ。でも貧困は、ガブリエーレ、君には我慢できなかったと思う。君はかつて自分のことを、贅沢な獣《けもの》と呼んだことがある。そういう生きものにとって、奢侈《しゃし》は呼吸と同じくらい欠かせないものなんだ。まあ、ハリウッドの君にもたらす大金のことを考えてみるといいね。

（アントンジーニの口調には皮肉が込められているが、それに応えるダヌンツィオの喚《わめ》き声には真情の吐露がある）

ダヌンツィオ　いや、だめだ。それは恥ずべきことだ。余りに恥ずべきことだ！

アントンジーニ　それじゃあ訊《き》くが、『炎の恋人』はどうなんだね。あの小説を書いたことは、恥ずべきことじゃないのかね。

ダヌンツィオ　（胸を張って）『炎の恋人』は不滅の作品だ。すぐれた芸術作品の完成には、ありとある犠牲が要求される、……その意味では、どんな不面目な行為も正当化されるんだ。

（遠くで鐘の音が聞こえる）

ああ、夕べの礼拝《おいのり》の時間だよ！　トム、君にはあまり話しちゃいないが、聖堂に集う人たちとそこでの慰めは……

アントンジーニ　君が晩課《おいのり》に出るなら、僕もお供をするよ。いいだろう。礼拝《れいはい》に出るのは、僕のような不信心な者にもいいことだからね。

ダヌンツィオ　いや、いや、君はここにいてくれ。当館でのささやかな礼拝は、純粋に僕だけのものなんだ。（ト急に元気よく立ち上がる）しばらくの間、ここで待っててくれないか。礼拝が済んだら一緒に食事をしよう、僕たち二人だけでね。こっちの用事が終わったら、女の方は追い払ってしまうから。

（アントンジーニ、ダヌンツィオが女と密会の約束をしていることをゆっくりと理解し始める）

アントンジーニ　ガブリエーレ、君はまだ……

ダヌンツィオ　（一瞬むっとして）「まだ」って、それは一体どういう意味だい。……そうさ、まだ昔どおりにやってるよ。君は、僕が耄碌《もうろく》しているとでも、たった一、二時間の間、一人の女も喜ばすことが出来ないほど老い耄《ぼ》れているとでも思っているのかい。（もとの陽気さを取り戻して）ああ、トム、君はよく知っているだろう、僕のような人間にとって、モノを生み出すってことがどれほど奇妙な行為かってことをね。肉体的な刺激、つまりこの身に加えられる苦痛、もっと言えば、そうした責め苦とそれに伴う酩酊感との混合、そういうものなしには、僕の頭は創造的なはたらきをしないんだ、君も先刻承知のとおりね。

アントンジーニ　でも君は、もう書いていないって言ってたはずだがね。

ダヌンツィオ　（アントンジーニの言葉には耳を貸さず、机の抽斗《ひきだし》を開けて何かを探し始める）僕の意識が煌《きら》めきを放つのは、なにか由々《ゆゆ》しい問題があるときなんだ……畜生！（抽斗の一つが床に落ち、中のものが周囲に散らばる）

アントンジーニ　一体何を探しているんだね？

ダヌンツィオ　ああ、ここだ、ここにあった。

（ダヌンツィオ、注射器を取り出し皮下注射の準備をする。アントンジーニは厭わしさを募らせながらも相手の行為に見とれているが、そんな彼に、作業をつづけながら、ダヌンツィオはなおも話をする）

お説の通り、金は確かに僕にはなくてはならないものだ。だが、それに事欠く毎日さ。連中のことは本当に苦痛の種だ。奴らのことじゃ、終始神経をすり減らしている。何かにつけてせびってくるからね。中でも妻のドナテッラは最悪だ。君にはあれの遣り口なんて、想像もつかないだろう。一体あの女は、僕の送った金を何に使っているんだ。彼女は何時も、腹を空かせて凍えているなんぞと手紙をよこす。だがこの僕に一体何が出来る。ここには、偉大な芸術家、偉大な英雄たる僕がいる。けれどその僕は、あっちこっちで物乞いする乞食坊主の役回りを押しつけられている有様だ。僕は自分の妹さえろくに援《たす》けてやれない。それに召使いの奴らにだって、何ヶ月もの間給金を……（己れの不如意をかこっているあいだにも注射器の準備を終え、ズボンを下げて弛んだ腿《もも》の肉をつねる）こんなマネをしなきゃならないなんて哀れなことだ、嘆かわしい限りさ。考えても見ろよ、先の大戦じゃフィウメ[4]の英雄と言われ、数え切れないほどの決闘に挑み、飛行機で独りアルプスを越えウィーン上空から詩の爆弾[5]を落とした男が、こんな注射器一本ぐらいにオドオドしているんだからね。（突然注射器をアントンジーニの前に差し出して）さあ、こいつを打ってくれよ！

アントンジーニ　針の刺し方なんて知らないよ。僕はこれまで他人《ひと》に注射をしたことなんて、ただの一度もないんだよ。それにガブリエーレ、君はどんな薬を、その注射器でどんな薬を打とうというんだね。

ダヌンツィオ　臆病者め！　分かった、もういいよ。いいからイタロを呼んでくれ。

（アントンジーニ、呼び鈴を鳴らす）

アントンジーニ　その薬は、一体なんだね。

ダヌンツィオ　強壮剤さ、人の精力を強めて性欲を増進させるっていう。もっとも、こいつが効くのかどうか、本当のところは分からない。でも、僕はそうと信じている。まあそれだけで充分だろうさ。

（イタロ登場）

ダヌンツィオ　おお、イタロ、さあ、早くやってくれ。……ああ、お前はなんて冷たい手をしてるんだ、夏だっていうのに！

（イタロは注射を打つことに慣れている。彼は一瞬の躊躇いもなく器用にダヌンツィオの身体に針を刺す）

ダヌンツィオ　莫迦め、なんて下手くそなんだ！

イタロ　閣下、おそらく針の先が、ちっとばかり丸くなってきているせいだと思います。

ダヌンツィオ　戯《たわ》けたことを言うな！　その針は、今までただの一度も使ったことのない新品だ！

（アントンジーニ、苦笑する）

イタロ　（注射を済ますと堂々と）閣下、お注射の方、ただいま済みましてございます。（お辞儀をして部屋を後にする）

ダヌンツィオ　（衣服を整えながら）ついこの間、イタロの奴、自殺をはかってね。もちろん、言うまでもないことだが、未遂に終わった。勤めを辞めさせ、故郷のパルマに帰すと言ったら、あの莫迦野郎、消毒薬を一壜飲み干したのさ。

アントンジーニ　何でまた、彼に暇を出すなんて嚇《おど》したんだね。

ダヌンツィオ　（無造作に）そんな理由なんぞ忘れちまったよ。

（ドアをノックする音。ややあって、リッツオ登場）

リッツオ　閣下、用意が調いましてございます。（トニヤニヤ笑っている）

ダヌンツィオ　どういう意味だ。女が来たのか？

リッツオ　左様にございます、閣下。ただ今到着致しました。

ダヌンツィオ　ああ、トム、僕の女を見とくがいいよ。一見する値打ちはあるぜ。そりゃあ素直で華やかなのさ。そう、ミケランジェロの彫刻みたいにね。

リッツオ　閣下、誠に申し上げにくいことながら、本日は、閣下の仰っている方ではございません。
ダヌンツィオ　別の女だと？　それは一体どういうことだ。どうしてあの女を連れてこない？
リッツオ　あの方は、ご気分がすぐれないように伺っております。ですが館には別の女がおりました故。
ダヌンツィオ　（掌で顔を拭うようにしながら）どうして奴らは、寄ってたかって僕の邪魔をするんだ。どうして僕は、自分の望むものを手にすることが出来ないんだ。
アントンジーニ　よさないか、ガブリエーレ。君はこれまで何時だって、自分の欲しいものはみんな手に入れてきたじゃないか。
ダヌンツィオ　じゃあ仕方がない。君、ちょっとここで待っててくれないか。すぐに戻ってくるからさ。この年齢《とし》になっても、幸いあっちのほうは頗《すこぶ》る元気がよくってね。もっとも頭痛はひどいよ。まあ、これさえ治ってくれたらね。
（ダヌンツィオ部屋を出る。リッツオ、例の薬壜の入っている箱を開け、中から空壜を取り出す）
リッツオ　私ども、たとえかような薬の力を借りたとしても、閣下のような精が出ましょうや。

アントンジーニ　彼のマネがやってみたいとでも。
リッツオ　若い娘を愛すること、目下あの方の出来るのは、それだけですよ。……もっとも女たちの話じゃ、よほど前から、身体が思うように反応しなくなっていて、今じゃとんとダメなんだそうですよ。（その顔からは、今まで彼が見せていたダヌンツィオに対する皮肉まじりの敬意は消え、詩人への軽蔑が露になる）あの人はね、何日もの間、空虚な自分の書斎に何時間も何時間も閉じこもっているんです。で、そこで何をしていると思います？……何にもしちゃいない。あの人は、もう何年もペンを執っちゃいませんのさ。ああ、あんな風に無為に時を過ごしているからこそ、災難《わざわい》から、恐ろしい権力の牙からわが身を守っていられるんだ。……あの人は、今や堕《お》ちた偶像ですよ。
アントンジーニ　（冷淡に）でも、あのフィウメ進軍の折りの彼の指揮官ぶりは、実に見事でしたよ。私は当時ガブリエーレの許で任務に就いていたので、その点はよく分かっているつもりです。
リッツオ　フィウメだって？（ト肩をすくめる）……フィウメの占領なんてただの茶番、底の浅い、単なる茶番狂言ですよ。
（隣部屋で何か重いものが倒れる音がする。つづいて女の悲鳴）
アントンジーニ　何だあれは、どうしたんだ？（トドアの方に進もうとする）

リッツオ（笑いながら）ご心配には及びませんよ。どうぞそのままに。多分司令官殿は目下、自分の私設の軍隊の哀れな兵隊さんを訓練しているんでしょうよ。それだけのことです。いえ、ウソは言いませんて。案ずることはありませんから。あの喚き声は、もう一つ別の茶番狂言にすぎません。娘の方は、司令官殿より断然力がありますからな。彼女のことはよく承知しています。ここで働いておる農夫の娘ですよ。ですから、リンゴの詰まった大きな袋なんぞも、訳なく背中に担ぎますよ。

（舞台から明かりが消えてゆく。次の場面のため、背景幕が暗くなる間、またもや女の悲鳴）

二（第一幕第二場）

一八九六年、ヴェニス近郊。夕闇が徐々にせまるある初秋の午後。遠くで波音。辺りには運河から立ちのぼる霧が立ちこめ、ベンチの輪郭がぼんやりと見える。四方にはどこまでも低木の密生する林。彼方よりドゥーゼとダヌンツィオの声が聞こえ、二人の話し声は徐々に近づいてくる。

ドゥーゼ　ほら、耳を澄ませてみて、……もの音ひとつしないでしょう。こんなに静かだと、木の葉の地面に落ちる音だって聞こえそう……。ここの管理人たら、一体どうしたのかしら。

ダヌンツィオ　誰か他の訪問客があったに違いない。

ドゥーゼ　こんなに遅くなってから？　こんな時間に、誰が訪ねて来るっていうのかしら。

……ガブリエーレ、私たち、時間のこと、忘れないようにしないとね。いいこと、分かってる？　遅くなるのはいけないわ。……少し、冷えてきたわね。（ト咳をする）ああ、やっぱり秋ね、こうして日暮れが近くなると……（再び咳）……運河から立ち上ってくる霧がこうして……

（ドゥーゼとダヌンツィオ、腕を組んで舞台に登場。二人の姿はその影より少し大きい程度）

ダヌンツィオ　いいかい、ナポレオンの二番目のお后《きさき》だったマリア・ルイーザが、再婚相手のスペイン王シャルル三世と例の寵臣との間を行きつ戻りつしたって云うのはここなんだ。マリアが時折立ち止まって、垂《しで》の木を手入れする剪定鋏の音に面白そうに聞き入れば、王様は愛用のエメラルドの箱から嗅ぎたばこを取り出して、それを嗅いで言ったそうだ、「セントヘレナに流されたナポレオンに比べれば、こうしてヴェニスにいられる我々は、どれだけ幸せか分からない」ってね。

ドゥーゼ　ガブリエーレ、もう門は閉まってしまったのかしら。

ダヌンツィオ　多分ね。

ドゥーゼ　私、温室の扉の閉まるのが聞こえたような気がしたんだけど。（遠くの運河で鳥の啼き声。ダヌンツィオに縋《すが》りついて）あれは何？

ダヌンツィオ　おやおや、君はなんて冷たい手をしているんだ。外套、馬車の中に置いてきたのかい？

ドゥーゼ　外套だけじゃなくって手温《マフ》めもね。ガブリエーレ、もう戻らないと。劇場に遅れるわけにはいかないわ。

ダヌンツィオ　時間ならまだ充分あるさ。ヴェニスへなら汽車で戻ることだって出来るんだ。心配は要らないよ。……あれは何だ。ほら、見てごらん。

ドゥーゼ　灌木の植え込みでしょう。まあ、なんて苦そうな匂い！　ガブリエーレ、もう行かないと。

ダヌンツィオ　おや、あそこはきっと迷路園だよ。そういえば、以前聞いたことがある。君、これまでに迷路園に入ったことは？……おや、錠はかかってないな！（門のギーと開く音）ご覧よ！

ドゥーゼ　何をなさっているの？

ダヌンツィオ　中へ入ってみよう。

ドゥーゼ　そんな時間はないわよ。第一、道に迷いでもしたらどうするの。私、遅くっても七時には楽屋へ入らなきゃいけないのよ。

ダヌンツィオ　でもご覧よ。ちっとも広くないだろう。出口なんか直ぐに見つかるさ。いいから僕を信じて。

ドゥーゼ　そんなこと言って、見つからなかったらどうするつもり？
ダヌンツィオ　その時ゃ園内《なか》にいるより仕方ない。一生ぐるぐる歩きまわるさ。どうだい、そういうのは？
ドゥーゼ　ご免だわ、沢山よ。ねえ、行きましょうったら。もう辺りにはだれもいなくってよ。こういう寒さ、私には毒なのよ。この霧ったら、本当になんて……まあ、ガブリエーレったら！（気が付くとダヌンツィオの姿は既に見えない。彼の笑い声だけが迷路に谺《こだま》している）戻ってきて、ガブリエーレ！　お願いよ！
ダヌンツィオ　さあ、こっちへ来て、僕を見つけてご覧。
ドゥーゼ　いい気になっていると道に迷っちゃうわよ。きっと迷っちゃうから。ねえ、ガブリエーレ、冗談はやめて頂戴！
ダヌンツィオ　僕のアリアドネの糸ならすぐ見つかるよ。
（ダヌンツィオの声、再び響きわたる）
ドゥーゼ　ガブリエーレったら！
ダヌンツィオ　さあ、僕を探して、僕を見つけてごらん。
ドゥーゼ　ガブリエーレ、出て来て、お願いよ！
ダヌンツィオ　さあ、こっち、こっち。

（ドゥーゼ、最初は躊躇っているが、ついにダヌンツィオの声のする方に行く。やがて彼女の声だけが聞こえる）

ドゥーゼ　どこなの、貴方、どこにいるの？（遠くから、「こっち、こっち」という叫び声）私、迷っちゃうわ。ねえ、ガブリエーレったら、早く迎えに来てよ！……ガブリエーレ、貴方一体どこにいるの？（立腹して）ねえ、本当にいい加減にしてよ。冗談は終わりよ。私、劇場に行かなきゃならないんだから。ガブリエーレ、冗談は終わりだったら。ガブリエーレ、聞いているの！（突然恐怖心におそわれて）貴方、貴方、どこにいるの、返事をして頂戴！　ガブリエーレ、私、怖いのよ。（長い沈黙）ガブリエーレ、早く助けに来て！　貴方、どこに行っちゃったの？　ガブリエーレ！

ダヌンツィオ　（彼の声、ドゥーゼをからかうように急に間近から聞こえる）こっちからは、君の姿がよく見える。

ドゥーゼ　どこにいるの。（再びダヌンツィオの笑い声）ねえ、そんな風に笑うのはよして、よして頂戴ったら！　冗談はもう沢山よ！（再び叢林の遠い小道の端に取り乱した様子で姿を見せる。ややあって、男の片方の腕の影が灌木の根本の辺りからぬっと伸びて、彼女のスカートを引っ張る。ドゥーゼの悲鳴とダヌンツィオの笑い声）よして！　よしてったら！……（半ば笑い、半ばすすり泣きながら）そのままこっちへ来れないの？　ほら、やってご覧なさいな！……ここだったら……私の手を握るのよ。こっちよ、こっち！

（二人、灌木ごしに手を握りあう）

ダヌンツィオ　エレオノーラ、一体どうしたのさ。本当に気分が悪いのかい？　こんなに冷たい手をしてさ。（突然、枝葉が身体から落ちるにまかせながら林の陰から現れる）莫迦だなあ、君は、本当に僕がおいてきぼりにするって思ったのかい。そうなの？（ドゥーゼ、すでに泣き始めている）泣くんじゃないよ。そんな風に泣いていると、本当に君をここに置いて帰っちまうぞ。本当だぞ。それに、ご覧よ、怖がってばかりいるから、スカートを破いてしまっているじゃないか。君には遊び心ってものが分からないのかい。もっとユーモアのセンスを磨かなきゃダメだよ。いいかい、今のは冗談、ただの冗談だよ。

ドゥーゼ（なおも泣きながら）私の気持、私の気持を知りもしないで、よくもそんなことが言えるわね。貴方、私が舞台に遅れてしまうかもしれないって心配してたこと、ご存じのはずよ。私が、アタフタしないで、何でも余裕《ゆとり》をもってする性質《たち》だってこともね。私にはね、じっくりと舞台の支度をする時間《よゆう》が要るのよ。そういうこと、みんなご存じのくせに、それなのに……

ダヌンツィオ　莫迦なことを！（ドゥーゼを抱きしめ、無理矢理ベンチに坐らせる）頬っぺがぬれているじゃないか。どうしてそんなに慄《ふる》えているの？　そんなに寒いのかい？　えっ？

どうしてそんなに寒そうな顔を？　ほら、よさないか、そんなに身体を慄わせるのは。聞き分けのない子はお仕置き、お仕置きだぞ。

ドゥーゼ　早く劇場へ、楽屋に入らないと……こうしてはいられないわ……ガブリエーレ、やめて！……ダメだったら、ガブリエーレ、いや……お願いよ……舞台があるのよ……こうしちゃいられないわ……貴方、気でも狂ったの？……ねえ、ガブリエーレ、言うこと聞いて……

（二人の影は重なり合い、舞台が徐々に暗さを増してゆくにつれて、男の声がゆっくりと女の声を静まらせてゆく）

三（第一幕第三場）

同じ日の夜。ホテル・ダニエリのスイートルームの居間。開いた仏蘭西窓の先にはバルコニーがあり、その下を大運河が流れている心持。部屋のテーブルには、冷えた簡単な料理と氷入りバケツに入ったシャンパンが並んでいる。ドゥーゼはソファーにゆったりと身体を横たえ、扇で顔をあおいでいる。着ているのは黒いビロードの簡素なドレスで、宝石も着けていなければ化粧もしていない。額の辺りの彼女の髪は灰色になり始めている。ダヌンツィオはまだ隣の部屋にいて、開け放たれた扉ごしに話をしている。

ダヌンツィオ　間違いなく、あれは君の最高の演技の一つだよ。いや本当に、エレオノーラ、あれは奇跡と言ってもいい。

ドゥーゼ　ボーイトが観に来てくれていたみたい。シュールマンが後で教えてくれたんだけど、知らされるのが開演前じゃなくってよかったわ。幕の上がる前だと、どうしたって緊張しちゃうもの。……あの人の奥さん、本当にもう長くないみたいね。

（ダヌンツィオ、いかにも伊達男らしく、洒落たクラバットを首に巻きながら登場）

ダヌンツィオ　何だって？

ドゥーゼ　ファニー、ボーイトの奥さんが、いよいよダメらしいの。

ダヌンツィオ　あの女《ひと》の長患いも相当のものだったね。そうだろう。けれど僕にゃそれが幸いだった。もし彼女がもっと早くに亡くなっていれば、君は僕と結ばれる前に、あの男の妻になっていただろうからね。それにしても、よくも君はあれほど長く、てんで面白味に欠ける、真面目一方のあんな堅物と付き合ってこられたもんだね。僕にゃとっても理解できないよ。

ドゥーゼ　今の私を支えている大部分は、彼から学んだものよ。

ダヌンツィオ　そいつを僕は、今剥ぎ取らなきゃならない、これからの君のためにね。……どう、僕のこのクラバット？　この厚い絹の感触。触ってご覧、ほら。（ドゥーゼ、片手で相手のネクタイに触ろうとする。ダヌンツィオ、一瞬その手を取る）モンテスキュー[6]からの贈りものなのさ。このクラバットはね……。エレオノーラ、どうして君はそんなドレスばかり着ているのさ。何かほかの、何かほかの服を着ておくれよ、僕のためにさ。

ドゥーゼ　私、とっても疲れているのよ。着替えなんて億劫《おっくう》だわ。どんなものを着てたっていいじゃないの。……私十代の時、ルイジ・ペッツアーナが座頭《ざがしら》を務める一座に入って、一緒に旅回りをしてたんだけど、同じ楽屋を使っていた二人の朋輩《ほうばい》が、私の衣装のことで陰口をきいているのを偶然耳にしたことがあるの。部屋には毎日私が着ているこういう黒いビロードのドレスが掛けてあったんだけど、中の一人が指でそのドレスを弄《いじ》くっているのね。そして二人して笑っていた。それから片方の女が言ったのよ、その私のドレスの裾、長くだらんとしてて、まるで蝸牛《かたつむり》の這《は》った跡みたいだって。何時も身に着けている衣装が蝸牛の跡だなんて……。二人はそれまでにも私のことを、芝居が下手だとか、そんな娘をペッツアーナがずっと舞台で使っているのは、あの人がこっちに気があるからだとかさんざん悪口言ってたけれど、そのドレスのことぐらい私の心を傷つけた言葉はなかったわ……。でもご覧なさい、このドレスだって蝸牛の這った跡みたいにだらりとしているでしょう。そんなドレスの長裾《ながすそ》のことが全然問題にならないって、素晴らしいことだわ！

（ダヌンツィオ、テーブルの上の料理をむしゃむしゃ食べ始める）

ダヌンツィオ　でもそんな風に、何時も黒い衣装ばかり着てるっていうのは、どうもね。たまには別の色も身につけて欲しいものだね。

ドゥーゼ　あら私、黒い服しか着てないわけじゃないわ。他のものだって袖を通していてよ。貴方がお気付きにならないだけだわ。雄の孔雀は雌の孔雀の羽の色に頓着しないものなのね。……私、母が亡くなったとき、喪服を買うだけのお金がなくって、それにこんなドレス、そう、蝸牛の這った跡みたいな外形《かたち》の黒いビロードのドレスさえ持っていなかったものだから、偶々《たまたま》あった茶色のドレスにちょっとした縮緬《ちりめん》をとめて、それを喪服の代わりにしたの。そしたら、後でペッツアーナから聞いたんだけど、私のその恰好を見ていたさる年輩の女優さんが言ったそうよ、「まあ、なんて薄情な娘なの！……ご承知のとおり、あたしは品行方正な女で通してきたけれど、もしあの娘《こ》の立場だったら、自分の体を売ってでも喪服をこさえたでしょうよ！」ってね。
ダヌンツィオ　(笑いながら) 本当かい？
ドゥーゼ　本当って？
ダヌンツィオ　自分が品行方正な女だなんて。
ドゥーゼ　あら、愛人のいない女優なんて、滅多にいるものじゃないわ。
ダヌンツィオ　(バルコニーへと歩を進め、そこから運河を見渡す) ぼつぼつ祭りの始まる時刻だね。(チラっと腕時計に目をやる) あと半時間か。今夜のような舞台をやり遂げた後には、祭りでも観てゆっくりと寛《くつろ》いだらいいのさ。

ドゥーゼ　そんなに喜んじゃいられないわよ。お仕舞のところで、私、しくじっちゃったのよ。ロレンス神父の庵室で、ロミオの妻として操をたてる決意を述べる場面まではよかったんだけど……でもそのあとが……

ダヌンツィオ　莫迦なことを言うもんじゃないよ。キャピレット家の奥津城《おくつき》で、ジュリエットが短剣で自らの胸を刺して、ロミオの身体の上に折り重なるようにして死ぬ最後の場面じゃ、シュールマンの目にさえ涙が浮かんでいた。本当だよ。幕が下りた後、あの男が、総立ちになって拍手喝采している観客と一緒に芝居の感動を分かち合っていたのももっともだ。……だからエレオノーラ、君がそんな風に言って僕の気持を苛立たせるのは愚の骨頂だ。昼間君は例の植物園で、舞台に間に合わなくなるってヤキモキしていたけれど、今夜の君は、それどころか、生涯またとはないような素晴らしいジュリエットを演じてみせたんだよ。

ドゥーゼ　いいえ、違うわ。そうじゃない。貴方は何もお分かりになっちゃいないわ。さっきも言いかけたように、あのお芝居にはもっと工夫が要るわ。それを納得のゆくものにするには、さらに多くの努力が必用なのよ。私の言うこと、お分かりにならない？　そう、貴方には無理よね。貴方にとってお書きになるってことは、ごく自然な、生きる営みのようなもの、……呼吸したり、食事を摂ったり眠ったりするのと同じようなね。どんな努力も制限もない。けれど私にとって、舞台はそんな生易《なまやさ》しいものじゃないのよ。お芝居って、舞台に立つたびに難しくなってゆくの。そうよ、ガブリエーレ、本当の舞台っていうのはね、日々の新たな努力と犠牲の上に成り立つものなのよ。

（バルコニーの上空高くに花火が上がる）

ダヌンツィオ　誰か気の早い奴がいるな！

ドゥーゼ　私が初めてジュリエットを演《や》ったのは、ほんの十二の時だった。場所はまさしくベェロナの町、演じたのは、広い星空の下の古代円形演技場だった。幼かったけれど、あの時女優として味わったほどの陶酔を、私はそれ以後ただの一度だって味わったことはないわ。ジュリエットの美しさに搏《う》たれたロミオが、「おお、燈火はあの娘に輝く術を教わるがいい」と口にするのを聞いたとき、私は自分の身体が本当に燃えているように感じたものよ。この身が炎と化したようだったと言ってもいいわ。その瞬間《とき》の気持の満ち足り様といったらなかった。今夜の舞台なんかからじゃ到底望み得ないものよ。質ってものが丸っきり違うのね。神の恵みって言うのかしら、そう、あの恩寵の訪れを感じたのよ。あの時、私は本当にジュリエットだった……。ロレンス神父の許でジュリエットと結婚式を挙げたロミオは、親友の喧嘩に巻き込まれてティボルトの命を奪ったためにベェロナの町を追われる羽目に。マンチュアに旅立つ前、ジュリエットの寝室を訪ねて悲しい別れを告げる彼。愛する人の出立《しゅったつ》を前にジュリエットは言うわ。「……私達の腕を引き離すあの声こそ、朝を呼寄せあなたを追立てるのですもの。ああ、早くお帰りになって！　段々明るくなって来る」。恐怖におののきながらそう叫び声をあげたとき、私はこの身のまわりに不思議な沈黙を感じたの。それは、一つまた一つと足許に積みかさなってゆく私の悲しみだった。そしてその深くつもりゆく悲しみのなかに、あの大観衆が沈み込んでいったように思えたの。……それからお仕舞のあのキャピレット家の墓所の場面。私の横たわる柩《ひつぎ》を見下ろす真珠色に輝く星空に、新妻の許に駆け寄ってくるロミオの慌ただしい足音が響きわたる。炬火《たいまつ》より漂ってくる樹脂の匂い……そして星が、一番星が、私の瞳のなかで涙のように揺れていた……。ついに私は、ロミオの短剣で胸を刺し、夫の遺骸の上にくずおれる。私のその姿を見たとき、観衆は舞台に大喚声を送り、私はその声で意識が遠のき、頭がぼおっとしたくらい。と、誰かが私を抱え上げて、その大きな喚声のする方へ連れていってくれたわ。一本の炬火が、涙に濡れた私の顔によせられる。火炎の熱に、松の枝のパチパチ燃えたつ音、そして強い松脂《まつやに》の匂い。赤い炎が真っ黒なけむりにまみれていた。ああ、あの炬火の輝きも、夜空の一番星のように、私の心から決して消え去ることはないわ。いつまでも……。けれど、今夜はちがう。今夜の舞台に、あの夜の陶酔はなかったわ、全くね。

ダヌンツィオ　僕もその時の君の舞台、観たかったね。分かってる？　十二の君は、まさにジュリエットと同い年だったのさ。

ドゥーゼ　知ってるわよ、それくらい。そんな話はもういいわ。普通なら、四十女《よそじ》がジュリエットを演じるなんてこと、ご法度《はっと》でしょう。

ダヌンツィオ　六十になっても君はジュリエットを演《や》っているさ。そしてそれは、過去の舞台に優るとも劣らないほど素晴らしいはずだ……。ねえ、エレオノーラ、おかしなことを言うようだけど、僕は、劇場全体が君への拍手のあらしで響きわたり、今夜のように、君が全観客の欲望を背負いながらステージに立っている折りほど、君のことがいとおしく思える時はないのさ。好きな女が他の人間に欲望されればされるほど、僕自身の彼女に対する欲望は強くなってゆく。白状させてもらうとね、今夜だって幕が下りてから楽屋を訪ねると、君はスカートの縁《へり》についたほこりもそのままに、額には熱でもあるんじゃないかと思うほど汗をかいて疲労困憊していたけれど、その身体は、君の演技に魅せられた大観衆の静かな息づかいにまだ火照っているのがありありと分かった。その途端、こっちは君が欲しくて堪《たま》らなくなったってわけさ。

（ドゥーゼ、ダヌンツィオの言葉を嫌悪するような仕草をする）

いやウソじゃない、本当だよ。もしあの場にシュールマンがいなければ、そしてあの付き人のイザベラがいなければ、僕は……。それにしてもよく君は、ああいう年齢《とし》のいった人間を始終侍《はべ》らせておけるもんだね。身体に触られるのも厭わないでさ……（ト怖気をふるう）僕は醜いものは嫌いだ、老醜をさらすものは嫌いだ！

ドゥーゼ　イザベラは、醜くなんかないわ。

ダヌンツィオ　あの産毛《うぶげ》の生えた唇、どうにかしてくれよ。

ドゥーゼ　イザベラのこと、そんな風に言うのはよして！　たとえ貴方がこの私を捨てることはあっても、彼女が私の許を去ることはないわ。

ダヌンツィオ　何を下らない！

ドゥーゼ　（悲しげな、しかし確固とした口調で）いえ、私の言うことに間違いないわ、ガブリエーレ。

ダヌンツィオ　……あ、あの、ところで君、忘れないうちに言っとこうと思うんだけど、……申し訳ないが、お金を少々都合してもらう訳にはいかないかね。印税が、ドイツからまだ届かないのさ。実はまた例のマリアが焼けっぱちの手紙を寄越してね……。あの売《ばい》女《た》、あれだけの大金を一体何に使っているんだ。

ドゥーゼ　公爵家の令嬢を愛人になんかするからよ。貴族のお姫様に生まれた女性《ひと》が浪費家なのは当然だわ。

ダヌンツィオ　彼女は亭主と別れるべきじゃなかったんだ。
ドゥーゼ　貴方、問題の起こったとき、そのことをちゃんと彼女にお話になって？
ダヌンツィオ　旦那はとってももの分かりのいい人間だってことはね。
ドゥーゼ　（きわめて苦々しく）いくらもの分かりがよくっても、今さらあの方と二人のお子を引き取るほどお人好しじゃないでしょう。ガブリエーレ、現実はそれほど甘くはないわ。
ダヌンツィオ　あの女には、全く散々な目に遭わされるよ。昨年の、六月、七月、八月はまさに地獄だった。獣のような情欲や嫉妬と、あまりに欲の皮の突っぱった金銭の要求。僕は一気に健康と理性の双方を失なっちまった。
ドゥーゼ　あの女《ひと》だって、同じように苦しんでいたに違いないわ。
ダヌンツィオ　それはあの女が莫迦で、頑固で、自分の敗北、僕の愛を失ったってことを素直に認めないからさ。そう、あいつのは、女々しい者、愚かな者が必然的になめる苦しみだ。
ドゥーゼ　それは、いつか私の味わう苦しみね。
ダヌンツィオ　君は女々しくも愚かしくもないよ。
ドゥーゼ　私には、イザベラやあの奥方を蔑《さげす》む気にはなれなくってよ。だって、二人はいつか私が……

ダヌンツィオ　君があの女どもに同情をよせる理由《いわれ》なんて、これっぽっちもありゃしない。あんなやつらを哀れと思召《おぼしめ》すなら、連中の面倒を見なきゃならないこの僕を、どうぞ憐れんでくれたまえ。……とにかく、あの妄想癖の気違い女は、一文無しだと書いてきた。もし借金の返済が出来ないなら、あの別荘からは追い出され、調度はみんな差し押さえられちまうんだとさ。

ドゥーゼ　あの方のご家族は、力になっておあげにならないのかしら?

ダヌンツィオ　そんな気持は微塵もないね。連中には名誉の方が大切なのさ。由緒あるシチリア貴族の血統につながるね。たとえ彼女が陋巷《ろうこう》に飢えて死のうが、そんなことは彼らの名誉とは何の関係もないことだ。

ドゥーゼ　だから私が援助の手を?　そうね、この私にもなにがしかの責任はあるわね。もし私たちがこんな風に巡り会っていなければ、きっとあの方は貴方とあんな別れ方はしなくても……

ダヌンツィオ　君とあの女の件とは無関係だ。それは僕が断言する。彼女のことじゃ、君と出会う何ヶ月も前から、僕は夜な夜な祈ってたんだ。（卜両の掌を合わせて冗談半分に祈る恰好をし、床に両膝を付ける）「おお、慈悲深きマリア様、どうかフランカヴィッラの色狂いをして私を愛することを、この私を愛することを止めさせて下さい。さもなくば、どうぞあの女の命を奪って下さい。彼女の心の臓から、その凶暴な愛を取り上げて下さい。ああマリア様、お願いでございます、どうぞあの女から私を解放して下さい！」てな具合にね（立ち上がり、ズボンの埃をはらう）

ドゥーゼ　貴方のお祈りの言葉、これからも忘れないでおいた方がいいわ。いまにもう一度使う時がやってくるから。

ダヌンツィオ　何の愛情も抱いていない人間から愛されるってことは、腹も空いていないのにものを食べさせられたり、喉も渇いていないのに水を飲まされたりするのと同じさ。それぐらいなら、いっそ全く愛されない方がどれだけマシか分かりゃしない。消化不良というやつは、三日間の断食よりも遙かに体に悪いからね。……いや、エレオノーラ、本当だよ。君にはこの僕が、どれほど女運の悪い男か想像もつかないだろう。大女優《おんな》だろうが貴族の夫人だろうがその辺のプチブル女だろうが、彼女たちはたった一夜僕と過ごしただけで、直ぐさま僕と添い遂げようと決心してしまうんだ。ああ、僕は決して大袈裟なことを言ってるわけじゃない。女たちは恋のためなら、自らの夫を捨てることも、家庭を捨てることも、地位を捨てることも厭わない。彼女たちはこの僕に、肉体だろうと魂だろうと、自分の所有になるものなら何でも差し出すんだ、永遠にね。……でもエレオノーラ、真面目な話、そんな女たちに対して、一体僕にどうしろって言うんだい。

ドゥーゼ 私、つい三日前、貴方にお金、渡したでしょう。

ダヌンツィオ （深く悔いるように）ああ、忘れちゃいない、忘れちゃいないよ。自分が浪費家だってことは分かっている。僕は贅沢なものが空気のように必用な、金のかかる生きものさ。そのことは、そのことは、よく分かっている。ああ僕だって、質素な田舎家に住み、籐椅子にすわり、普通の食事をとり、インド産の粗末な敷物の上を歩き、三ソルディで買った安物の茶碗でコーヒーを飲む暮らしだって充分できたんだ。ところが実際には、恥さらしにも、後先のことも考えず、もう破滅的にそれとは正反対の生活をしてしまった。高価な骨董品にペルシャの絨毯、それから日本の陶器にありとあらゆる値のはる小物、そして広大な邸宅、そういう贅沢なものばかり僕は欲しがった……。悪いのは僕だ、もちろん悪いのはこの僕だ。でもエレオノーラ、結局はこれが僕の生き方なんだよ。僕は金のかかる贅沢な生きものなんだ。何によらず質素で簡素なもので満足する君に、こんな、こんな僕のことは、分かっちゃもらえないだろうけどね。

ドゥーゼ でも貴方だって私と同じように、ずっとお金のない暮らしをしてたのよ。

ダヌンツィオ 仰るとおりさ。だから僕は、二度と窮乏生活はご免だと言ってるんだ。貧乏は立派な病気なんだよ。病気ってものは伝染する。癩病《らいびょう》と同《おんな》じように、人は貧しさを避けるべきなんだ。一度病気に倒れたものは、殊に同じ病にかかりやすいからね。

ドゥーゼ　おかしなことを仰るのね。私は貧乏なんて怖れたことはないわ。今でもよく覚えているけれど、子供の頃、私両親と一緒に旅回りをしていて、父親に訊いたことがあるの、何故私たちは三等列車にばかり乗るのかってね。すると父は即座に応えたものよ、「そりゃあお前、この国にゃ、四等列車がないからさ」ってね。でも私、仮に四等列車があったとしても、その箱に乗るのを嫌がったりしなかったと思うわ。私、ペッツアーナとイタリア中を巡業していたときも、一番の楽しみと喜びは、偶々《たまたま》見つけて泊まった宿屋だったわ。赤々と燃える暖炉の火、ごく普通の地元のワイン、そして少し糊のきいた洗いたてのシーツ、……もうそれだけで充分、それ以上他になにが要ったでしょう。

ダヌンツィオ　（笑いながら）必用なものならもっと無限にあるね。……だから君の力添えが不可欠なんだよ、エレオノーラ。援けて、援けてくれるだろ、君の、向こう見ずで、金遣いがあらくって、負債をうんと背負っていて、いつも身辺に女の影がちらついているこのガブリエーレをさ。

ドゥーゼ　分かったわ。力になりましょう。今夜か明日の朝、シュールマンに話しておくわ。

ダヌンツィオ　でもあいつには、僕に渡す金だってことは言わないで欲しいんだ。約束してくれる？

ドゥーゼ　何故いけないの？　シュールマンは、私のことなら何でも知ってるわ。

ダヌンツィオ　あいつは僕を毛嫌いしている。間違いないよ。多分、奴は君のことで僕を妬《や》いているんだ。

ドゥーゼ　シュールマンが貴方を妬いているですって？　莫迦々々しい。あの人は、女になんか全然興味を持たないわ。

ダヌンツィオ　君は別だよ。

ドゥーゼ　分かった、彼にはなにも話さないでおきましょう。……それで貴方、いくら欲しいの？

ダヌンツィオ　いくらって、そりゃあ君が工面できるよりずっと沢山の額さ。でも取り敢えずは都合のつくだけでいいよ。金額は君にまかせるから。

（部屋のドアをノックする音。ダヌンツィオが「どうぞ《アヴァンティ》」と言うと、十九歳か二十歳そこそこのイタロが、アントンジーニを室内に案内する）

イタロ　アントンジーニ様がお越しにございます。

（イタロ、部屋を出てゆく）

ダヌンツィオ　他の連中はどうしたんだ。

アントンジーニ　（ドゥーゼの手に接吻しながら）本当に今夜の舞台は素晴らしかった。サラ・

ベルナールだって、今の貴女には及びませんよ。

ドゥーゼ　なにを仰るの、とんでもない。ベルナール先生がイタリアへお見えになったとき、それこそ大きな豪華客船が航行するのを目の当たりにする思いがしたわ。私たちなんて、先生がお通りになった跡に浮かぶ泡沫《うたかた》のようなもの。

アントンジーニ　（直ぐにお世辞を言う癖があり、世間の並の人間と同じように、ある一人の女優を賞讃する最上の方法は、他の女優を腐《くさ》すことだと考えている）失礼ながら、今のお言葉には異論がありますね。確かに、彼女は現在舞台上から世の人々を支配しております。しかしながらそれは、とりもなおさず、サラという女優が、完璧に自分を統御出来るからです。ですが彼女の見せる仕草はいつもことごとく同じです。その演技はもうすっかり出来上がっていて微動だにしない。私は今日までに四度あの女《ひと》の『椿姫』を観ましたが、例えばの話、サラ演じる娼婦マルグリットは、彼女が青年アルマンに向かって父親の許に帰れというとき、小箱の載ったテーブルの前に腰を下ろし、その箱の鍵を神経質に回します。私が観た全部の舞台で、あの女は同じ数だけ鍵を回した。その数は五回、私はちゃんと数えていたんです。

ダヌンツィオ　他の連中、他の連中はどうした、どこへ行ったんだね。

アントンジーニ　シュールマンは、このドゥーゼさんに引き合わせたい若い女優がいるというんで、彼女を迎えに国民劇場に行きましたよ。

ダヌンツィオ　若い女優だって？

（アントンジーニ、肩をすくめる）

アントンジーニ　それから、ボーイトは、ひとまず自宅《いえ》に帰らなきゃならないって云うことでした。

ダヌンツィオ　あいつはきっと、女房が自分の死期の近いのを悟っているかどうか見るために帰ったのさ。なかなか逝ってくれないんで、じれているに違いない。

ドゥーゼ（自分の心配を隠して）それで、ボーイトは本当にここへ？

ダヌンツィオ　シュールマンには、奴に声をかけるように言っておいたよ。（既にシャンパンの栓を抜き始めている。壜のコルクがポンと鳴る）いいじゃないか、奴にも来てもらえば。

ドゥーゼ　こんな大変な時に？

ダヌンツィオ　大変なことがあるものか。もし当人が本当にそう思うんだったら、どうせ義理で顔を出すようなマネはしやしないよ。……エレオノーラ、みんなが集まる前に着替えておくれよ。お願いだからさ。僕のために。……僕のためには着替えが出来ないって言うんだったら、ボーイトのためでもいいよ。

ドゥーゼ　言ったでしょう、私、疲れているのよ。

ダヌンツィオ　そんなわが儘言わないでさ。さあ、着替えだ。おいで。（トドゥーゼの肩に腕をまわし、彼女を寝室へつづくドアの方に案内する。アントンジーニに向かって）僕はね、以前パリで、彼女がかの英国の有名デザイナーワースが仕立てたドレスを選ぶのに付き合ったことがあるんだよ。そいつを今夜君たちにお目にかけようじゃないか。エレオノーラはそんなドレスを、まだ一度しか着たことがないのさ。

ドゥーゼ　着替えるのはイヤよ。ガブリエーレ、このままでいいでしょう。

ダヌンツィオ　いやダメだ、どうしても着替えてもらう、どうしてもね。そしてワースのドレスに着替えたら、僕の贈ったエメラルドを着《つ》けるんだ。あのエメラルドのネックレスさ。

（ダヌンツィオがドゥーゼを寝室に連れてゆき外から部屋のドアを閉める間、彼女は、「ガブリエーレ、嫌だったら、……勘弁して、ガブリエーレ」と懇願している）

ダヌンツィオ　トム、彼女は素敵だろう。その演技力といい容姿といい、エレオノーラは本当に素敵だ。実際の目鼻立ちっていうことになると、そのどれを取っても彼女に目立った特徴はない。サラ・ベルナールの場合だと、彼女が通りを歩けば誰だって直ぐに本人だと分かる。けれどエレオノーラについちゃ、彼女がサンマルコ広場を散歩していたって、誰も当人だと気付きゃしない。その場にいたから嘘じゃないが、前夜劇場で彼女に拍手喝采していた連中ですらそうなんだ。ところが、普段の生活じゃ何の変哲もないそんな女が、一旦舞台に立つと、見るまに艶やかな女神に変身し、観客という観客を虜《とりこ》にするんだからね、大したものさ。君も知ってのとおり、僕はこれまで随分と美しい女たちを愛してきた。でも正直言って、今エレオノーラに抱《いだ》いているような愛情を、僕はこれまで他のどんな女性にも感じたことはないのさ。一度彼女は安物のショールを肩にかけ鼻眼鏡でそこのバルコニーに出たことがある。その姿を見て僕は思わず言った、「君みたいに風采に頓着しない女も珍しい」ってね。するとエレオノーラは応えたものさ、「普段の装いなんて、どうだっていいじゃないの、ガブリエーレ。だって私、自分の望むときには何時だって美しくなれるんですもの」とね。あの言葉は全く正しいよ。

アントンジーニ　今夜の舞台は本当に素晴らしかったですよ。四十を過ぎた女が十代の娘を演って、あれだけ見せるんだから、しかもノーメイクでね。

ダヌンツィオ　僕の作品は、生きた女の体の中でしか実を結ばないんだ。でもこれまで出会った女たちは、とにかく敵意があったり冷淡だったりして、僕の芸術の母胎としてはまるで不充分だった。けれどエレオノーラだけは違うのさ。彼女の胸に抱《いだ》かれていると、静寂の中を突然音楽が奔流をなして押しよせてくるような感じを覚えるんだ。それがあの色狂《いろきちがい》とフランカヴィッツァで過ごした時はどうだ。全く背筋の寒くなるような、空恐ろしい日々だったよ。あの折り僕が書いた文章といったら、まるっきり、死体から絞り出した腐った血さ。……そうだトム、今の話で思い出したんだが、エレオノーラが戻ってくる前に、ちょっと話しておきたい事があるんだよ。あの売女とも関係する話だから、立ち入ったことは、彼女の耳には入れたくないのさ。分かるだろう、実のところ僕は今、厄介なことに巻き込まれていてね。

アントンジーニ　お金、ですか？

ダヌンツィオ　ああ、トム、図星だよ。お察しのとおりさ。金、金、金、僕には何時も金の悩みが尽きない。有体《ありてい》に言うとね、あの色狂が、またぞろ僕に脅迫まがいのことを言ってきたのさ、もう子供たちに食べさせるパンを買うお金もないってね。こんなこと、どうしてエレオノーラに言えると思う。彼女に奴らを援けてやってくれなんて、とてもじゃないが頼めやしない。も、もうじき、例の印税がドイツから届くんだ。君、済まないがそれまで暫く……

アントンジーニ　でも先生、先生には既に、これから書くっていう少なくとも三冊の本の印税を前払いしてるんですよ。僕のやっている出版社は決して大きなものじゃありませんし、こっちにだって生活がありますからね、ご都合したいのは山々ですが……

ダヌンツィオ　僕のような芸術家が終始金のことをとやかく言ってなけりゃならないのは恥

ずべきことだ。あっちこっちから借金の取り立てに遭い、これから君がエレオノーラの首に輝いているのを見るだろうエメラルドの支払いさえまだ済んでいないなかで、どうして僕に書くことが出来ると思う。

アントンジーニ　僕だったら買い物の時、店の主人《あるじ》に、「もう少し安いものはありませんか」と訊くけれど、先生の場合には決まって、「もう少し値の張るものはありませんか」っていうセリフになっちまいますからね。

ダヌンツィオ　（笑いながら）そう、そう、その通りさ。頼むからその話はもう勘弁してくれたまえ。これはもう不治の病なんだからね。でも、きっとこの世のどこかには、僕が心安らかに仕事をするに足る数百万リラの金を貢いでくれる奇人・変人の類《たぐい》がいるはずなんだ。考えてみりゃ、世間にはそんな途方もない金を切手の収集やら骨董品の収集やらに注ぎ込んで喜ぶ莫迦が沢山いる。そういう連中にとっちゃ、僕だって立派な骨董品のはずなんだよ、違うかね。

（アントンジーニ、笑う）

ねえ、トム、お願いだからなんとか力を貸してくれよ。でなけりゃ、僕は通りという通りに行商人を遣って、原稿を一枚一枚切り売りしなきゃならなくなるんだよ。どうだい、トム、この惨状を省《かえり》みて、ひとつ力を貸してくれないか。

アントンジーニ　今ここで確たる約束は出来ませんが、明日、会社の口座を調べてみましょう。まだ先生に融通できる余裕《ゆとり》があるかどうかね。

ダヌンツィオ　いいぞ、そうこなくっちゃ！　さあ、もっとシャンパンを飲もうじゃないか。

（ダヌンツィオがグラスにシャンパンを注いだとき、アントンジーニはその壜に注意を向ける）

アントンジーニ　こりゃあ大した銘柄だ。先生、僕はこんな上等のお酒、これまで口にしたことなんかありませんよ。

ダヌンツィオ　そう愕かなくったっていいさ。こいつの金を払うのは僕じゃない。

（ドゥーゼ登場。彼女は言われたドレスに着替え、エメラルドのネックレスをしている）

エレオノーラ、素敵だよ！　さあ、もっとシャンパンを！（ト彼女にグラスを手渡す）見違えるほど美しい《ブラヴィッシマ》！　なんて魅力的なんだ！

ドゥーゼ　そろそろお祭りの始まる時刻じゃなくって。……多分、ボーイトは今夜来ないわね。

（窓の下を通るゴンドラから、マンドリンに合わせて歌う男の声。三人、一瞬その歌声に静かに耳を傾ける）

ダヌンツィオ　僕はつくづく思うんだが、ある瞬間に突如、驚愕に堪えないような形で、人間のありとある欲望をその極限まで刺激する場所として、このヴェニスに優る土地は世界のどこにもないね。（窓辺によって）エレオノーラは劇場の熱狂から精根尽きて帰ってくる時、ここで見いだす安らぎについてよく口にする。でも僕はここの澱んだ流れを見ていると、自分の生命《いのち》が途方もない早さで繁殖し、己れの想念に火がついて、病的とも言える強烈な興奮が迫ってくる、言わば躁状態になっちまうのさ。

ドゥーゼ　（静かに）炎と熱が渦を巻いているのは、あくまで貴方の体の中にだわ、ガブリエーレ。

（イタロ、ドアを開ける）

イタロ　ボーイト様、シュールマン様、ガッティ様、お越しにございます。

（駆け出しの女優エンマ・ガッティ、その顔に狼狽の表情を浮かべて、一瞬戸口のところに立ち止まる。彼女の背後には、小太りした背の低い中年のユダヤ人シュールマンと、五十代半ばの元気に充ちたボーイト。三人が姿を見せたとき、室内に一瞬奇妙な沈黙がただよう。開け放たれた窓の傍にいるダヌンツィオはその目をじっとガッティに注ぎ、ややあってドゥーゼが急いで来客を迎える）

ドゥーゼ　まあ、貴女、よくいらしたわね。（トガッティの手を取って室内に案内する。蒼白い顔をした相手は、気の進まぬ風にドゥーゼの後に従《つ》いてゆく。ドゥーゼ、ボーイトの方に顔を向けて）アリーゴ、来て下さってとっても嬉しいわ。

シュールマン　彼女がカルロ・ゴールドニィの『ラ・ロカンディエーラ』に出てたんで、遅くなってしまった。こいつが今夜最後の演物《だしもの》でね。

(ダヌンツィオ、ガッティの方に歩み寄り、その手に恭しく接吻する。アントンジーニもこれに倣う。各々この時彼女に自らの名前をつぶやく。次いで二人はボーイトと握手するが、ダヌンツィオとボーイトは明らかに決まりの悪さを感じている。イタロが盆の上にさらに料理を載せて戻って来、酒を順次客や主人《あるじ》に注いでまわる)

ドゥーゼ　私もね、そのうち舞台のない夜を見計らって、一度『ラ・ロカンディエーラ』を拝見したいと思ってるの。(ガッティに) いいかしら。

ガッティ　(なおも緊張しながら) わたしの演技なんて、ただマネを、ただ先生のマネをしているだけですから、……しかもとっても下手くそな。

(イタロ、ガッティに酒の入ったグラスを渡そうとするが、彼女は受け取るのを躊躇っている)

ドゥーゼ　グラスをお取りなさいな。

ガッティ　これ、シャンパンですの?　わたし、このお酒、まだ飲んだことがなくって。父がそんなこと、許してくれなかったものですから。

シュールマン　このお酒はね、アスティ産のスパークリング・ワインとあまり変わりないから。

ドゥーゼ　おやおや。貴女、それぜひ召し上がって、お味の方は、アスティ産の安ワインと全然変わらないってこと、ガブリエーレに伝えて欲しいわ。
（ガッティがグラスを受け取った刹那、花火が次々に夜空に打ち上げられ、耳を劈《つんざ》くような轟音をたてる。その花火の音に愕《おどろ》いた彼女は思わずグラスを床に落とし、その瞬間、自分のドレスとドゥーゼのドレスに酒の飛沫《しぶき》がかかる）

ガッティ まあ、わたし、とんだ粗相《そそう》を……どうしましょう、先生のドレスに……

ドゥーゼ 貴女のドレスにもお酒がかかっちゃったわね。とっても可愛らしいお召物なのに……イタロ、ナプキンを。

（イタロ、ドゥーゼの許に駆けより、水に浸したナプキンで、彼女のドレスを軽くたたき始める）

ドゥーゼ いえ、私の方はいいから、このお嬢様のをさきに。

ガッティ とんだご無礼を。どうぞお許し下さいませ。花火のことなど思ってもいなかったものですから。

イタロ （主人の真似をして）ちょっと水をかければ、きれいに消えてしまう、何もかも、訳もないこと[7]！

シュールマン おっ、『マクベス』ときたか。イタロ、いいぞ！

アントンジーニ （ボーイトに）マクベス夫人の台詞なんか暗唱して、イタロはきっと、音楽担当の貴方にさり気なく敬意を表そうとしたんですよ。

イタロ　私ども、『マクベス』の初日に伺っております。（ボーイトの方を向いて）いえ、そればかりじゃございません。覚えておいででしょうか、先生。先生はその折り、私たちをベルディ様にお引き合わせ下さったんでございますよ。（部屋を出てゆく）

シュールマン　イタロが『マクベス』の初日に来てたって？　それに、君は本当にあの男をベルディに紹介したのかね。

ダヌンツィオ　いや、いや、そう云うことじゃないんだ。イタロはね、自分の主人と自分とを一種の双頭の怪物だと思い込むようになっちまっているのさ。

アントンジーニ　そういえば、こんなことがありましたよ。ある時僕がガブリエーレ先生に会いにいくと、イタロの奴が出てきて、「私ども、ついに『死の勝利』を書き上げましてございます」なんて告げるんですよ。それからすかさずこう言い足したんです、「仮にわたくし目がこの場にいなければ、あの作品は生まれなかったことでございましょう」なんてね。

ダヌンツィオ　本当、それは本当だよ、君。あいつがそう言うのはもっともだ。何しろ僕は当時、三人の女と少なくとも十二人の債権者に包囲されていたんだからね。

シュールマン　（テーブルの料理に近寄りながら）料理を頂くよ。お腹《なか》が空いているんだ。（取り皿をとり、その上に料理を載せ始める）学生時代、僕が惹かれていたのはたったの二つ、芝居と食うことが何より好きだった。立派な役者になることが、こっちの長年の夢だったのさ。ところが食いものを前にすると、どうにも腹八分が守れない。で、結局のところ、ふとっちょと色男は両立し得ないと云う厳しい現実に突き当たり、役者の途は捨てたのさ。もっとも僕に素晴らしい歌の才能でもあれば、話はまた違ったんだろうけどね……。まあそういう次第で、当方役者になる代わりに、役者を食いものにする興行師になったってわけさ。――寄生虫にね。

（イタロ、魚料理を載せて戻ってくる）

おや、こりゃまたイキのよさそうな魚だね。（魚を子細に見てからドゥーゼの方を振り向き、冗談口をたたいて）魚のことなら、こりゃあ君には明日、昼興行《マチネ》をやってもらわなきゃいけないね。死んだ魚みたいな昼興行の客も、君が舞台に立ちさえすりゃあ、イキのいい魚になろうってもんさ。

イタロ　（盆をテーブルの上に下ろしながら）さあ皆様、苦いアドリア海で採れた甘い果実にございます。

アントンジーニ　こりゃあご主人顔負けの名台詞だ。イタロの弁舌の巧みさも、今やほとんどガブリエーレ先生の域に達してきましたね。

ドゥーゼ　（ガッティに）シュールマンから聞いたんだけど、貴女、我々《うち》の劇団に入りたいんですって？　たとえ入団なさっても、最初から大きな役はつかないわよ。そのこと、ご存じ？　もっとも一所懸命励んで下されば、そのうち、私が病気で舞台に立てないときとか、いえ病気じゃなくてもその役柄によっては、代役をお願いすることもあると思うわ。そういうことで、いいかしら……

ガッティ　有難いお話ですわ。でもそういうお話を頂くには、まず先生に劇場にお運び頂いて、わたしの演技を実際にご覧頂きませんと……。でないとわたし、もし先生にわたしのお芝居……

ドゥーゼ　まあ、そんなことなら心配要らないわ。私、シュールマンの目を断然信頼しているから。彼がよしと言うんだったら、間違いないわ。神様はよく分かっておいでだけれど、私もこれまでの舞台人生で随分としくじりをやって来ているの。でもそのしくじりって云うのはね、みんなこの私がシュールマンの意見を従《き》かなかったことからきているのよ。

ダヌンツィオ　（二人の会話に入って、ぶっきらぼうに）お嬢《シニョリーナ》さん、お年齢《とし》は？

ガッティ　十八です。

ダヌンツィオ　じゃ、貴女にはすべてが新しい経験ていうわけだ。で、舞台にはこれまでどのくらい？

ガッティ　十ヶ月、いえ十一ヶ月です。
ダヌンツィオ　たったそれだけ！
ガッティ　ええ、それだけなんです。
ダヌンツィオ　貴女のようなお嬢さん、貴女のような由緒ある家柄のお嬢さんが、舞台女優を目指すなんて珍しいね。
ガッティ　（うなだれながら）そうだと思います。
ダヌンツィオ　ご家族も愕かれたでしょう――嫌がったというか。
ガッティ　時がたてば、分かってくれると思いますわ。今は……
ダヌンツィオ　でも、どうして舞台に立ってみようなどと。観客から拍手喝采される大女優になりたいから？　それとも、普通の暮らしに飽きてしまったから？　じゃなくって、本当に芝居が好きだから？　それとも、それとも恋に、恋に破れてしまったからかしら？
シュールマン　ほら、ぐずぐずしていると祭りを見そこなってしまうよ。（二人の話を聞きながら、ガッティに助け船を出そうとする）こっちじゃ僕がむしゃむしゃ料理を食っている。そっちじゃ君たちがぺちゃくちゃ喋っている。その間に、夜空にゃ花火が金色の雨を降らせている。さあみんな、バルコニーへ出よう！　お嬢さんもどうぞあちらへ。

（シュールマンがガッティに腕を差し出すと彼女はその腕をとり、二人はバルコニーへ向かう。ダヌンツィオ、彼等の後につづく。仕掛け花火が次々と打ち上げられ、運河の上空に真っ赤に輝く光の花を咲かせると、遠くからブラスバンドの演奏が聞こえてくる）

ダヌンツィオ　（ボーイトに）演奏《や》っているのは君の曲じゃないかね。ほら、あれは「アイーダのマーチ」だよ。聞こえるかい。（見得を切るようにして、片方の腕を前に差しのべる）ああ、ヴェニスはすっかり水のベールごしに燃えている。見たまえ、四方に輝きを放つ、あの何百万という黄金の柘榴《ざくろ》を！

（ダヌンツィオ、バルコニーへ行く）

アントンジーニ　ほら、広場《ピアッツエッタ》のほうへ急ぐみんなの声がしますよ。皆さんにもお聞きになれるでしょう。まるで鳩の群が一斉に地面に舞い降りるようだ。きっと、王女様が御門《ポルタ・デラ・カルタ》からお越しになるんですよ。……そりゃあ可愛らしい女性ですからね、彼女は。まるでちょっとした女優さんですよ。もっとも、ちょっとばかり自意識の強すぎるうらみはあるけれど……

（アントンジーニもまたバルコニーに向かう。イタロも彼の後につづき、部屋にはドゥーゼとボーイトの二人だけとなる）

ボーイト　僕たちもバルコニーに出る？

ドゥーゼ　いえ、ここにいる方がいいわ、すっかり疲れちゃって。

ボーイト　働きすぎだよ、君は。

ドゥーゼ　いえ、ガブリエーレほどじゃないわ。

ボーイト　彼は君と違って頗《すこぶ》る貴族的だけど、その精力ときた日にゃ、きつい力仕事もものともしない田舎の百姓だからね。それに……（急に言葉を切る）

ドゥーゼ　それに年齢《とし》だって、私なんかよりうんと若いし……。アリーゴ、貴方の仰るとおりだわ。でも、私にとって舞台ってものが一体どんな意味を持つかご存じでしょう。その辺のこと、貴方ならお分かりになれるはずだわ。とどのつまり、貴方にしたって、ご自分のお仕事がこの世で一番大切なんですもの。

ボーイト　いや、僕には、仕事よりもずっと大切に思ってきたものがある。君はそれを先刻承知のはずだ。

ドゥーゼ　私、舞台に立つとね、心底自分が生きているっていう気持になれるの……。（急に言葉を切る）ああ、貴方、私を責めるおつもりね。でもアリーゴ、そんな資格は貴方にないわ。そんなの、お門違いもいいところ。私の命だって、貴方にとっちゃ、かけがえのないもののうちには入っていなかったんじゃなくって？　私以前、病気で臥せっていたことあったでしょう。でもあの時、貴方はほんの一時《いっとき》だって私のことを考えては下さらなかった。ことによると私は死ぬかもしれないなんて心配、これっぽっちもしては下さらなかったわ。

ボーイト　（しばしの沈黙のあと）いや、エレオノーラ、そんな言い方は一方的だよ。前回ロシア公演に発つ直前、君はあの男と会っていた。あの時、あの時僕には分かったのさ、君が、僕とのことを終わりにしようとしているってことがね。君は未来の夢を色々話していた。でも君の声、君の顔にあったのは、僕との別れの気持だけだった。……とにかく、ファニーはもう余り長くない。さっきもアパートに戻ったけれど、彼女はこっちの顔も分からないんだ。

ドゥーゼ　（直ぐに相手に対する同情の気持を浮かべて）ああ、貴方はあくまで、あくまでファニーの夫たろうとしたのね。貴方のその勇気、誠実さ、真心、本当に見上げたものだわ。

ボーイト　でも……

ドゥーゼ　でも、って？

ボーイト　昔君はルナンの言葉を引き合いに出したことがある。「実直なだけの男は厄介だ。また賢明なだけの人間は哀しい」っていうね。

ドゥーゼ　私今、そんな言葉を貴方に向かって言うつもりはないわ。（トボーイトの頬に掌をあてる。恋人ではなく母親のような仕草）そう、貴方はこの私に翼をくれた。

ボーイト　それで、彼は君のために一体どんなものを？

ドゥーゼ　（一瞬考えて）思いもよらないほど辛くって、でもその分他では得られないほど大切なものをね。あの人、この私を半分に割って、その内側をこちらに見せてくれたの……。ねえ、アリーゴ、アリーゴったら。私もう一度、貴方に気に入られるような女になるわ。そうなれるよう努力するから。

ボーイト　どういう意味？

ドゥーゼ　私、貴方が私のこと、どんな風に思ってらっしゃるか分かっているのよ。でも、それは仕方のないこと。取り分け貴方は、他人に対する義務を怠らない人なんですもの。

ボーイト　いや、違うよ、エレオノーラ。それは断じて違う。僕には分かっているんだ、よく分かっている。僕は君のことを恨みに思ったことなどないよ。そんなことをしなきゃならない謂《いわれ》はない。……でもあの君の電報は……（ト両手で顔をおおう）君は多くを語りながら、自分の真意については沈黙を守ろうとした。でも、そこにははっきりと書かれていたのさ、僕の怖れていたことのすべて、僕が内心気付いていながら、それまで知らない振りをしていたことのすべてがね。それは僕には死ぬほど、まさに死ぬほど辛いことだった。いや、その苦しみといったら、本当のところ、死以上のものだっただろう。何故って君は、僕にとって、命より大切な人だったんだもの。

（遠方より再度、ブラスバンドが『アイーダの行進』を演奏しているのが聞こえてき、その音は徐々に近付いてくる。空には花火。バルコニーの人々は皆黙って祭りの模様を眺めている）

そう、君の演技は変わってきた。ずっと深みをおびてきた。昔はあんな情熱、いや哀しみと言ってもいいが、そういうものは皆無だった。多分その狂おしい情熱を、君は彼から授《さず》かったのさ。多分ね。

ドゥーゼ　（興奮気味に）仰るとおりよ。あの人はずっと私の仕事を支えてくれているの、一寸口じゃ言えないほど沢山ね。そして私は私で、彼の執筆の力になれていると思っている……。ガブリエーレにはね、このイタリアに新しい劇場を創りたいって夢があるのよ。それは、私の夢でもあるわ。その意味じゃ、私とあの人は、今同じ運命を担いながら歩いているって言ってもいいわね。彼は私のために書き、私は彼のために演じる。私たちは、共に互いの運命なのよ。貴方は私が、『椿姫』[8]や『フェドラ』[9]や『クロードの妻』といった作品の女主人公をこの先ずっと繰り返し演らなきゃならないってことにどれほどの恐怖を感じているか、よくご存じのはずよ。みんな、緑の布をかぶせた張りぼての木がやたらに出てくるお芝居ばかり。私にはそれを越えるもの、なにか違ったものが必要なの。そして、それを与えてくれる人間《ひと》が彼なのよ。

（ダヌンツィオ、バルコニーに現れる）

ねえ、ガブリエーレ、私今アリーゴにね、今度貴方が私に書いて下さるっていうお芝居のこと話してるの。あの人、もうその悲劇、ギリシアを舞台にしたその悲劇にかかっているのよ。

ダヌンツィオ （ドゥーゼの言葉に明らかに戸惑いながら）君たち、女王様の行列、観ないのかい。もうじき終っちまうよ。……シュールマンから、最近の切符の売れ具合のこと聞いたよ。いや大したもんだね。

（シュールマンの頭部がバルコニーからのぞく）

シュールマン 今度の公演についちゃ、残りの期間の席も、全部売り切れですよ。

ダヌンツィオ 彼にはね、切符の値段を上げるべきだと言ってるんだ。……この成功の立役者は、神のごときサラ・ベルナールじゃなくって、エレオノーラ、黄金の声を持った君だよ！

（ダヌンツィオ、シュールマンを後に従える形で室内に戻ってくる）

シュールマン それじゃイタロの「苦いアドリア海の甘い果実」をもう少し頂くとするか。

（アントンジーニとガッティ登場）

アントンジーニ 先生、先生がバルコニーを後にした途端、このお嬢さんに、寒気がするなんて言われちまいましてね。どうやら僕の話は、彼女の心を暖めるところまではいかないようだ。

ダヌンツィオ　お嬢《シニョリーナ》さん、貴女の得意な役柄は？

ガッティ　得意な役柄と仰られましても、舞台に立って日も浅うございますから、これといったお役を頂戴したことはまだほとんど……。でも、一、二の場面で、あのリストーリ先生の代役をさせて頂いたことはございます。ジョバンニ・ベルガの『カバレラ・ルスティカーナ』やシェイクスピアの『アントニーとクレオパトラ』なんかで。

ダヌンツィオ　ああした往年の大女優の代役なら、生まれたての赤ん坊に頼んだ方がよかったかも知れないね。貴女、ジュリエットを演《や》ったことは？　八十歳の誕生日を迎えてからさしものリストーリも、ジュリエットはもう無理だと悟ったと思うね。

ガッティ　ええわたし、ジュリエットを演らせて頂いたこと、ございます。

ダヌンツィオ　それは結構。……ではお嬢さん、今からここで、貴女の演技を披露して頂きましょう。さあ、いらっしゃい。

（ダヌンツィオ、ガッティの手を取りバルコニーへ通じる開け放たれた窓の方へ彼女を導く。ガッティ、びくびくしながら相手に従う）

最近ジュリエットを演ったのはいつ？

ガッティ　先週の火曜日です。

ダヌンツィオ　結構。じゃあ台詞の方は覚えているね。

（ガッティ頷く）

よし、ではあれにしよう。第二幕第二場だ。（少し考えて）いいかね、いくよ。「そういうあなたは誰、夜の帳に身を隠し、この胸の秘密を窺うのは？」……どう、大丈夫？

（ガッティ、再度不安そうに頷く）

ドゥーゼ　でもガブリエーレ、彼女は今夜舞台の後で疲れているの。こんな時にオーディションはないでしょう。この娘《こ》がかわいそうよ。それに、時間も遅いわ。彼女の演技は明日の朝拝見することにしたら？

ダヌンツィオ　どうして今じゃいけないのさ。彼女の背後《せ》は、花火と数え切れないほど多くの灯火《ともしび》に照り映えている。この娘の演技を観るのに、これに優る機会はないよ。それにトムとボーイトだって、彼女のジュリエットを観たがっているんだ。僕がロミオを演ろうじゃないか。……さあお嬢さん《シニョリーナ》、用意はいい？　君も僕のような男のロミオでジュリエットを演るなんてことは又とないだろう。そこにお控えのわが友は（トアントンジーニを指す）、何時も言ってくれているのさ、僕は本来俳優として生まれついているってね。お説の通り、僕はその気になりさえすりゃあ、偉い役者にだってなれたんだ。

ドゥーゼ　でもガブリエーレ、彼女を見るのはまた今度……

ダヌンツィオ　いやいや、今ほど素敵な機会《とき》はないったら！
（ダヌンツィオ、床に跪《ひざまず》き、自身の真の感情は込めず、しかし一定の演技力と声の美しさとを以て、誇張気味に、当時の舞台の様式に則て、当の場面のロミオの台詞を朗誦する）
「夜の帳に身を隠している、見付かるはずはない、だが愛して下さらぬのなら、見付かったほうがましだ、憎しみの刃に倒れるにしくはない。愛されずして生き永へるよりは」
（下の運河から話し声が聞こえて来たかと思うと、つづいて笑い声が響き渡る。その声がゆっくりと消えてゆくと、ダヌンツィオ、ガッティに両手を差し出す）
ダヌンツィオ　さあ、おいで！……ああ、下の連中のことなんて気にしなくたっていい、さあ！
ガッティ　（すっかり萎縮した声で）「どなたの手引きでここへ」
ダヌンツィオ　「恋の手引きで、先ず恋が捜せと命じたのです。恋が智慧をかしてくれ、こちらは目を貸してやった。この身は水先案内人ではない、が、あなたがたとえ遠き最果ての海に洗われる渚であろうと、きっとそこまで漕ぎつけてお目にかける。これほどの宝を手に入れる為なら」さあ、今度は貴女の番です、お嬢さん。
ガッティ　「この通り夜の仮面がこの顔を蔽っている――」
（ガッティ、さながら逃げ場所を探すように狼狽して周囲を見まわす）

ダヌンツィオ　（次の台詞を言うよう相手に促しながら）「さもなければ乙女の恥じらいがこの頬を染めておりましょう」さあ、言って。

ガッティ「さもなければ乙女の恥じらいが……」（言葉を切り、両手で顔を覆う）出来ません、わたし、もう出来ません！

（ドゥーゼ、ガッティの傍に寄るが、彼女の仕草に相手に対する悪意や優越感は見られない。ドゥーゼにはたらいているのは、おののき当惑している若い娘を助けようという優しい気持だけ。彼女はガッティの肩に腕をまわし、さながら子供に教えるように、柔らかな口調で、全く勿体ぶらず、しかし大女優としての風格をそなえたまま、ガッティが止めてしまった同じ箇所を朗誦してみせる）

ドゥーゼ「さもなければ乙女の恥じらいがこの頬を染めておりましょう、誰も知らぬ胸の内をあなたに聴かれてしまったのだもの。成ろう事なら嗜みを忘れずにいたい、成ろう事なら、言ってしまった事を取り消したい、でも、お体裁はもう止めにしましょう！本当に私を？　いえ解っているのです、愛して下さっている事は――」

（ドゥーゼ、にっこりとして朗誦を止め、軽くガッティを抱きかかえる）

今夜の貴女はとても疲れてらっしゃるわ。明日のお昼、私のところにいらして下さる？　来て下さるわね。シュルンベルガーさんを迎えにやるから。そしてその時私たちに、今の台詞、いえ何だったら別の箇所でもいいわ、とにかく貴女がここと思う場面の台詞を聞かせて頂戴。（ガッティをバルコニーに誘いながら）ご覧なさい、どの灯火《ともしび》ももう消えようとしているわ。お祭りも終わりね。炎と水の祭典もお仕舞だわ。ああ灯火が消えてゆく。ひとつ、またひとつと消えてゆく。

（ドゥーゼの声とともに幕）

四（第一幕第四場）

前場と同じ。翌朝。ドゥーゼ、ソファーに横たわり本を読んでいる。傍のテーブルの上には彼女の朝食が置かれている。運河に照り返した陽光が、部屋の天井に当たってゆらめいている。ダヌンツィオ、まだ目を通さずにいる手紙の束を、時折その中の一つを床に投げつけながら、一通々々繰っている。そのうちとある封書を選び出すと、それを鼻に近づけて匂いを嗅ぎ、親指の付け根でこすり、最後に手で封を切って中身を取りだしそれを読み、厭わしさを募らせて叫び声をあげる。ドゥーゼ、その声に本から目を上げて相手を見る。

ダヌンツィオ　またあの莫迦なアソーロの家庭教師の女だ。しつこいったらありゃしない。正しい綴《つづり》も書けないでいて、よくも人なんぞ教えられるもんだ。（手紙を差し出して）エレオノーラ、一寸《ちょっと》これを見てごらんよ。

ドゥーゼ　いいえ、そういうものは結構よ、興味ないわ。

ダヌンツィオ　けど、こりゃあ本当に酷《ひど》いもんだ。十二の女学生だって、もう少しマシな文章をかくってもんさ。ほら、いいから一寸読んでごらんて。

ドゥーゼ　嫌《いや》だったら。

（ダヌンツィオ、この冷たいドゥーゼの拒絶に遭って、ほとんど彼女の手をつかんで無理矢理その手紙を読ませようとするが、思いとどまり、今の相手の言葉は聞かなかったことにして、手紙を椅子の上に投げ捨てて立ち上がり、ゆっくりと背伸びをする）

ダヌンツィオ　今朝砂島群《リド》まで足をのばしてきたけれど、そりゃあ素晴らしい眺めだったよ。君には想像もつかんだろうな。そりゃあそうさ、だって君は、まだベッドの中だったたんだもの。ねえ、君、チシアン[11]の裸体画知ってるだろう。この画家の裸は、何処かから光を受けているっていうのじゃなくて、自らの光で輝いているように、自身が光を放っているようにみえる。今朝のリドの景色が正にそうだった。すべてがバラ色の光に輝いていたのさ。僕は沖へ、沖へと泳いでいった。帰りは迎えのゴンドラさ。その小舟に乗り込むと、きつそうな釦《ボタン》を留めたスーツ姿のイタロが、膝にピクニック用の手さげ籠をのせ、傍らにはワインの懐中壜をおいて控えていたんで、こちらは早々に船上の朝食と酒落てみた……。ところがそんな風にしてゴンドラに揺られていると、突然ある光景が目に浮かんだのさ。真夏の死の幻、そう、それは幻としか呼びようのないものだった。まずこの目に映ったのは、夏が、まるで総督夫人のように金色の衣《こんじき》にその身を包み、ゴンドラの柩《ひつぎ》の中に眠っている姿。……それから次に、彼女の柩が葬列を従えて、ムラーノ島まで運ばれてゆくのがみえる。その島は、さるガラス吹き職人が、彼女のために、水晶のように透明な美しい柩を造った場所なのさ……。そしてその柩は、ゆっくりゆっくり水中深く沈められてゆく。だから透き通る自分の瞼をとおして、彼女は物憂い海草の踊りや銀色の魚の遊泳を見ることが出来るんだよ……（言葉を切る）どう、こんなイメージ好きじゃない？　とっても美しい光景だとは思わない？

（ドゥーゼは読書をつづけている。ダヌンツィオ、彼女の方に目を遣ると、再度ドゥーゼの傍らに腰を下ろす）

エレオノーラ、さっきから、一体何を読んでいるのさ。

ドゥーゼ　貴方は本当に元気があるのね。朝の四時にベッドに入り、六時に起床《お》きて海水浴。その上、真夏の死の幻まで見て……。まあ、ガブリエーレ、私、とっても貴方には従《つ》いてゆけないわ。

ダヌンツィオ　ところがそう言ってくれる僕の体力も、近頃じゃとんと落ちてきている。こないだの海水浴のときなんぞ、遠く沖まで出ちまってから、突然、これは到底岸まで戻れないと思ったほどさ。事実帰りは、雲ひとつない青空の下、幾度も幾度も水の上に仰向けになって休みつつ、本当にゆっくりと泳ぎながら、岸までたどり着いたってわけだよ。本当に、もうちょっとで溺れるところだった。

ドゥーゼ　貴方は溺れたりしない。不死身だわ、貴方は。世の中にはそういう呼び方をせずにはいられない人間《ひと》がいるものだけど、貴方はそういう仲間の一人だわ。（きわめて憂鬱そうな口調で）ああ、今日の午後の舞台、どうしようかしら。体の節々が痛むのよ。いっそシュールマンに話して……

ダヌンツィオ　心配要《い》らないよ。君が一旦舞台に上がったら、憂鬱症だろうが体調不良だろうが、どんな病も消し飛んじまう。舞台にさえ立てば、どんな時でも君は、光彩を、陸離たる光彩を放つのさ。

ドゥーゼ　残念だけど、今日はそんな風にはならないわ。

ダヌンツィオ　ねえ、エレオノーラ、どうしたのさ。何があったと言うんだい。何故そんなに塞いだ顔をしているのさ。

（ドゥーゼ、頭を振る）

医者を呼んであげようか？

ドゥーゼ　いえ、要らないわ。体はどこも悪くないもの。

ダヌンツィオ　じゃあ一体どうして？……ははん、例のスマーラか。このヴェニスが決まったように君の許に運んでくるあの塞ぎの虫だね。そうか、なるほど、分かったよ。初め一日は、丁度太陽が今日みたいに燦々《さんさん》と輝き、運河、いやあらゆるものが陽の光を受けて、眩い輝きを放っている。……ところがそのうち暫くすると、そこに冷たく湿った風が吹き始め、水は油気を増して、人々は襟巻きで喉元をくるみ、言葉少なに足早に立ち去ってゆく。

ドゥーゼ　昨日の晩、（言い淀む）お気を悪くしないで欲しいけど、貴方、本当に溌剌としていらしたわ。

ダヌンツィオ　はっきり言ったらどうなのさ。ねえ、僕が何をしたって言うんだい。何が不服なのさ。

（ドゥーゼ、応えない。ダヌンツィオ、彼女の腕を取って身体をゆする）

ダヌンツィオ　はっきり言えったら。

ドゥーゼ　傷つけられるのは辛いわ、ガブリエーレ。もう止して！

ダヌンツィオ　なるほど……。今度は誰だい、今度は一体誰を妬いているのさ。はっきり言えよ。

ドゥーゼ　言わなくたって、よくご存じのはずよ。

ダヌンツィオ　僕が知っているって？　どうして僕にそんなことが分かるのさ。全く君って人は、僕がメイドの誰かにお早うの挨拶をしただけで、こっちがその女《ひと》を強姦したとか、今からする気でいるとか、直ぐに思っちまうんだから。ねえ、誰のことを言っているのさ、話してごらんよ。

ドゥーゼ　娘よ、昨夜の……。あんな風にあの子をわざと困らせて。

ダヌンツィオ　（笑いながら）もしあの時僕が彼女に優しくしていたら、君はやっぱり僕に不平を鳴らしただろう。今はこうして、あの娘を苛《こいじ》めたってこっちを責めているけどね。それに、仮に僕が彼女に全く声をかけていなかったとしても、やっぱり君は文句を言っただろう。僕が娘を見る目付きには下心があるなんぞと、想像を逞《たくま》しくしてね。

ドゥーゼ　貴方は、私の推測が当たっていることをご存じだわ。自分が欲しいと思っている人間、自分を虜《とりこ》にする女たちを、貴方はまず苦しめる必用があるの。だから昨夜《ゆうべ》、あんな風にしてあの娘を苦しめた。そしてその目論見に、貴方は見事成功したってわけ。

ダヌンツィオ　こんなことで議論するのは時間の無駄だね。無意味だよ、全く。君がそういう気分になった時は……。（背《そびら》を返して出ていこうとするが、振り返って農夫さながらの野卑さで彼女を怒鳴りつける。その野卑さは、ダヌンツィオの洗練された物腰が、ただの見せかけにすぎぬことを明かすものである）莫迦を言うのもたいがいにしろって言うんだ！　俺にもしあの小娘をものにしようなんていう気があったら、（寝室を指さして）あんな所で何時間も何時間も、お前によがり声なんぞ出させておきゃしないだろうが。一体何時に眠《ね》たと思っているんだよ。四時だったか五時だったかは覚えちゃいないが、てめえの目のまわりに隈ができてるそのワケを、とくと考えてみるがいいぜ。どうして今朝のお前の顔色はそんなに悪いんだよ。鏡を、鏡を見てみろよ。引きつっているじゃないかよ、その顔が！（突然ドゥーゼの肩をつかみ、暖炉の上の鏡の前に彼女の顔を突き出す）へん、婆さんみたいな顔しやがって！

ドゥーゼ　惨《むご》いことを仰るのね。……あの娘のことだけじゃないわ。彼女のことについちゃ、こちらの勘の当たっていることは分かっている。貴方だって、私の推測の正しいことはご存じのはずよ。……でも時々私、貴方の目の中に、あるものが見えるの。あるものの存在を感じるのよ……。ああ、私、自分の勘が外れていることを願ったわ。でも、どうにもならない。貴方の目の中には一つのものがある。その事実を、私は自分に偽《いつわ》れないの。（ソファーに腰を下ろし、不思議なほど静かな口調で）それは、貴方が胸のなかに抱《かか》えていらっしゃる憂慮《おそれ》。昨夜私にはそれが見えたのよ。貴方の目に何故その憂慮が現れたのか、理由はよく分かっているの。初めは貴方、もちろん私とあの娘を比べて見てた。十九歳の、初々《ういうい》しい頬の、つややかな肌をした、豊かな胸の美しい髪の乙女とこの私とをね。そう、貴方は私たちを、私たちを比べていたわ。ところが正にその時、貴方が私のなかに見ていたものの正体が顔を見せたのよ、はっきりとね。それは、作るべきでなかったのに私が作ってしまった子供、私の死んだ子供だわ。私が愛してもいないのに、相手の支えが欲しくって結婚した男の！　それから私の関係した、フラーヴィオ・アンドやヴエルガやボーイトといった作家や音楽家たち……。そういう男たちとの情事が貴方に怖《おそ》気《け》をふるわせ、そうして同時にまた、貴方を私の方へ惹《ひ》き寄せることにもなったのだわ。ああ、私はそれを、昨夜《ゆうべ》見てしまったのよ！

ダヌンツィオ　僕が君に憂慮《おそれ》を抱いているなんてとんでもない。言っている意味が分からないね。僕にゃ何の心配もありゃしない。僕は何時も幸福《しあわせ》だった。（が、ついにドゥーゼの苦悩に動かされるようになる）

ドゥーゼ　嘘よ、それは嘘だわ。昨夜私を残してベッドを出、寝室を去ってゆく時の貴方の態度、まるで娼婦の許を離れていくようだったわ。いかにも飽きてうんざりしたっていうような顔をしてね。何時間かの悦楽の時が終わりを迎え、貴方はその終わりを喜んだ。

ダヌンツィオ　ねえ、君は間違っているよ。僕は幸せだ。今朝はずっと幸福な気分に充ちていた。今朝早く、澄んだ青空の下《もと》、リドで水に浮かんでいたとき、僕の思い描いていたのは、君の姿だけだった。そんな風にして君のことを考えるのは、とても幸せなことだった。そして、僕の心の中の君は、どれもこれも、みんな喜びに充ちていたのさ。

ドゥーゼ　なるほどね。でもそれは、貴方が独りで自由に呼吸することが出来たから、眩《まばゆ》い太陽の光のなかで、自分の若さをまだ信じることが出来たから、そして僅《わず》かばかりの間、貴方が私から逃《のが》れることが出来たからよ……。ああ、ガブリエーレ、もうどうにもならないわ。私たちの隔たりは、余りに大きくなってしまった。多分、今のうちに、遅くなる前に、私たち、心を決めるべきなのよ。

（ダヌンツィオ、ドゥーゼの口に手を当てる）

ダヌンツィオ　ダメだ、それを言っちゃ。言っちゃダメだ。先日の手紙でね、マリアのやつがこんなことを言ってたよ。僕の人生は宿屋と同じだ、ありとあらゆる人間がやって来ては、やがて立ち去って行くってね。でも、君は立ち去りゃしない。君はずっとここに、僕の許にいるんだ。なるほど僕は、自分が、周囲に集まってくる人間たち、就中《なかんずく》女たちを使い捨てにしてきた男だということはよく分かっている。もし僕がこの忌々しい性癖を自然な形で捨てることが出来たらどんなに嬉しいことか。全くあの女たちのせいで、僕は金輪際心静かな生活が送れやしない……。でも信じてくれエレオノーラ、君は別だ、君は僕に心の安らぎを与えてくれる。この際分かって欲しいんだが、君は自分の中に、君自身気付いていない、周囲の人間の魂を活気づける不思議な魅力を持っているのさ。舞台での君のごく単純な仕草さえ、僕にある種の真理を語ってくれるんだ。決して大袈裟なことを言っているんじゃない。それは真実《ほんとう》なんだ。僕には、世界が僕に求めるものを彼等に与えるために、君の愛の力の中で、自由で幸福な空気を吸い続けることが必用なのさ。（ドゥーゼの髪の中に手を入れる）

ドゥーゼ （半分納得して）何してらっしゃるの？　また白髪でも見付かって？

ダヌンツィオ 莫迦だなあ。さっきから、ここんところの変な頭髪《かみ》の震えが気になってたんだ。ほら、ここのさあ。

（ドゥーゼ、ダヌンツィオから身体を離す。下の運河から、「漁師だ、漁師を呼んでこい！」という叫び声が聞こえてくる）

　エレオノーラ、愛しているよ、心から君を愛している！

ドゥーゼ 止して頂戴、聞きたくないわ！

ダヌンツィオ でも嘘じゃないんだ。本気なんだ。僕がこれまでの人生で出会った女たちは、作品の中の登場人物を含めて、みんな頭が蠟《ろう》の人形だ。エレオノーラ、お願いだから、君が胸の中に棲まわせている絶望や嫉妬や憎しみを捨てておくれ。君のような偉大な女優が、そんな卑しい感情に振りまわされて、一体どうするのさ。（嘆願するように）エレオノーラったら！

ドゥーゼ　分かったわ。それじゃあもう少しの間だけ、お互い仮面を着《つ》けることにしましょう。（急に平静を取り戻し、ダヌンツィオの傍に立つと、その手を相手の頬に持ってゆく。それは前夜ボーイトに対して取ったのと同様、恋人のではなく母親の仕草である）ご免なさいね、ガブリエーレ、私、なんて嫌な女なんでしょうね……。ああ、遅くなっちゃったわ。貴方には執筆、私には舞台があるのに。それで、例の戯曲のすすみ具合、どうなの？

ダヌンツィオ　もちろん順調だよ。僕は今、自分のことを、厖大な量のダイナマイトが詰め込まれた鉱山みたいに感じてるのさ。一旦これが着火すりゃ、凄まじいことになるだろう。もう直、もう直君はその大爆発を目の当たりにすることになる。でも、下書きが済むまでにはもうしばらく……

ドゥーゼ　貴方、私に華やかな見せ場をこさえて下さらなきゃダメよ。そうお願いしてたでしょう。

ダヌンツィオ　そ、そう、君の見せ場ね、わ、分かっているよ。でも、誰がどんな台詞を喋るのかってことは、作品が仕上がるまで何とも言えないね。（ドゥーゼはすでに、当の作品が自分のために書かれていないのではないかと疑っており、ダヌンツィオの方も、相手がそういう疑いを持っていると気付いている）まあ、仮に思うようなことにならなくっても、偉大なドゥーゼには他にも一杯良《い》い作品があるからね。少なくたって、候補作は十二本ほどあるんだ。

ドゥーゼ　分かったわ。私行くから。あなた、外套と手温め《マフ》、取ってきて下さらないこと。それに帽子もね。

（ダヌンツィオ、寝室に入る）

イザベラがみんなベッドの上に置いていったわ。それに、鏡台の上に咳止めのお薬あるでしょう、甘味入りの錠剤。それもお願いするわね。ああ、とても昼間の舞台をつとめる気分じゃないわ。（顔を鏡に映して）まあ、なんて酷《ひど》い顔、これじゃあまるっきりお婆ちゃん、お婆ちゃんだわ。

（ドアをノックする音。イタロ、部屋へアントンジーニを案内する）

お早う、トム。私、丁度劇場へ出かけるところなの。

（ダヌンツィオ、居間に戻って来、ドゥーゼが外套に袖を通すのを手伝い始める）

ダヌンツィオ　おや、君かい。丁度イタロに手紙を持たせようと思っていたところだよ。君、その、例のゲラ、出来たかね。

アントンジーニ　先生のお眼鏡にかなうかどうか甚《はなは》だ不安ですが、一応上がったんで持参したんですよ。

ダヌンツィオ　結構だね、いいじゃないか……。（ドゥーゼに）ほら、見てごらん。（彼女の頬に口づける）それにしても君、何だってこんなに早く劇場に行くんだい。こんな時間にあんな所へ行たって、ジメジメした土牢みたいな楽屋で手持ちぶさたに坐っていなけりゃならんだけだぜ、少なくたって一時間半はね。で、そのうち咳が出たり喉が痛み出してきたりして、君は大慌てしなきゃならなくなる。

ドゥーゼ　あの娘《こ》が待ってるから。貴方、彼女のこと、もうお忘れ？

ダヌンツィオ　あの娘はここに来るんじゃなかったのかい。

ドゥーゼ　私、今朝彼女の所に使いを遣ってね、ここじゃなくって劇場の方に来るよう言ったのよ。シュールマンはあっちで彼女に会うはずよ。この部屋でやった昨夜のオーディションは一寸不味かったわ。

アントンジーニ　あの娘には、少しばかり気の毒でしたね。

ダヌンツィオ　でも忘れちゃダメだよ、今夜キャロリン夫人《さん》の自宅《ところ》である夜会。一緒に出るって約束だろ。

ドゥーゼ　私には、伺えるかどうか分からないわ。貴方、お一人でも大丈夫でしょう。

ダヌンツィオ　でもエレオノーラ……

ドゥーゼ　それじゃ私、行くから。またね、トム。（部屋を出て行く）

アントンジーニ　先生、今朝の新聞、ご覧になりました？

ダヌンツィオ　（頭を振って）いいや、今度は何だい。そういう暗い口調で君が新聞の話をするのは、決まって誰かが僕を、悪魔主義か剽窃か強姦か詐欺罪で告訴したときだ。さあ言ってくれ、今度はどれだい。

アントンジーニ　実は今朝早くに女の溺死体があがりましてね。ここからそう遠くない場所《ところ》です。リアルト島の直ぐ傍ですよ。おそらく昨夜《ゆうべ》僕たちが花火を見物している間に、下の運河を流れていったものでしょう。て言うか、その時間に、当の女は、この部屋の直ぐ下で運河《かわ》に飛び込んだ可能性もあるんです。新聞の伝えるところじゃ、彼女の上着のポケットから先生の手紙が出てきたという。警察は、まだここには来ちゃいませんか？

ダヌンツィオ　そういうことなら、連中は自宅《うち》に行ったんだろう。召使いたちには、僕がエレオノーラとこのホテルにいることは絶対洩らすなと言ってあるからね。警察はその死んだ女の身元を、まだつかんじゃいないのかい。その女、マリアじゃないとは思うんだが……

アントンジーニ　記事にあったのは、年齢《とし》が十九ぐらいで、ブロンドの髪に、貧しい身なりをしていたということだけです。それに、まあもう一つ奇妙なことと言えば、娘には片方の掌に、深い切り傷があったそうで。

ダヌンツィオ　深い切り傷だって？　しかしそりゃあ、本当にワクワクするような話じゃないか。（ト嬉しそうな顔付きになる）トム、一寸こいつを見てみろよ。（ト椅子の上に投げ出されたままになっている手紙をあさる）この手紙はみんな、この二週間の内に届いたものだ。……ええっと、あの手紙はどこだったたっけ。（それを見つけて）ああ、これだ。あった、あった。……いや、この箇所じゃないな。こりゃあまるで、僕が初めてローマに出たときに書いた駄文句で埋め尽くされている。ここは下手くそな、不滅の愛とやらを訴える文のパロディーだよ。ああ、ここだ、あったよ、あった。（トその部分を読む）「きのうわたしはナイフを買って、左手の掌を深く深く切り込みました。傷口から血がドクドクと流れ出るのをじっと見つめながら、わたしは独りつぶやいたのです、この血のすべてをあなたに捧げられるわたしは、なんて幸せな女でしょう、って」（手紙をアントンジーニに渡す）今朝死体があがったっていうのは、この娘《こ》のことだよ。間違いない！

アントンジーニ　彼女に会ったことはないんでしょうね。

ダヌンツィオ　勿論さ、一度もないよ。他の女に手を出してエレオノーラを苦しめるようなマネは、僕はしないよ。――分かっているだろ。（トアントンジーニのからかい半分の目を見返す）

そりゃあ僕だって色んな生活の場面で、きれいな娘さんをチラリと見たり、彼女たちに微笑みかけることはあるよ。けれどそういう女性に近付こうとすると、僕の第六勘が直ぐはたらいて、こいつは意地の悪い女だとか、直ぐにもめ事を起こす女だとか、あるいはその両方の素質があるとか、教えてくれるのさ。そしてやがて、僕のその第六勘が正しかったことが証明されるってわけだよ。

アントンジーニ　その手紙に返事を出したことは？

ダヌンツィオ　ああ、彼女には、当人のためにと思って一寸した助言をさせてもらったよ。もっと自分を大切にしろってね。どうせ読んだこともないだろうが、シェレーなんかも引用してね。だけど君、一寸この娘《こ》の書いた字をみてみろよ、酷《ひど》いもんだ。これで家庭教師をやっているって言うんだからね。僕の好きな今のシェレーの文句に「夜の蛾は、まばゆい光に引き寄せられる」ていうのがあるけれど、よく言ったもんさ。ちがうかね。まあとにかくこの娘《こ》にはだね、早くかたぎの商店の若旦那でも見つけて結婚した方がいいって言ってやったよ。それが無理なら、金まわりのいい年輩の男でも探して貢いでもらえってね。それだけのことさ。

アントンジーニ　その手紙、こっちで取り戻すよう努力しますよ。今聞いた限りじゃ、万一これが表沙汰にでもなると、先生の評判を損《そこ》ないかねませんからね。これは警察を買収してでも、是非とも取り返さないと。

ダヌンツィオ　この件で君に出来ることがあったら、何なりと力添えを頼むよ。当てにしているからさ。有体に言えば、あんなものでも少しは文学的価値があるとは思うけれど、君の言うように、あれがもしよくない連中の手にでも渡ったりすると、厄介なことになりかねないからね……。ああ、僕がこれまで女性に対して書いた手紙が全部回収できたらね。僕が死んだら、それは法外な値段で取り引きされることになるだろう。今度マリアのやつがお金のことでうじうじ言ってきたら、こっちが書いた手紙を全部返せって言ってやるんだ。限定版で出版《だ》せるぜ。モンテスキューが、いい刷り方と綴じ方を教えてくれるさ。パリで出版するためのね。

アントンジーニ　冗談でしょう。

ダヌンツィオ　どうして君はそんな言い方ばかりするんだい。二言目には僕が冗談を言っているって。

アントンジーニ　それは先生が、何時も僕を愕かせるからですよ。

ダヌンツィオ　そうかい、分かったよ。もうお引き取り頂いて結構だよ、品行方正なプチブル君。でもその前に、ゲラを渡しておいてもらおうか。

（アントンジーニ、ポケットから紙幣の入った分厚い封筒を取り出し、その折り返しの部分を破いて中から一枚お札を抜き取ると、残りをダヌンツィオに手渡し、手中の紙幣を振る）

警察を買収するにゃ、こういうものが要りますからね。

（ドアをノックする音。ダヌンツィオが扉口に行くと、イタロがドアを開け、ガッティが傍に立っている）

お早う、お嬢さん。

ガッティ　（狼狽して）ドゥーゼ先生はこちらですの？　わたしたち……

アントンジーニ　彼女は貴女に言伝《ことづて》のようなものを届けているはずですよ。お受け取りにはならなかった？

ガッティ　言伝、ですって？　まあ、わたし、今朝は九時前に下宿を出ましたの。それから今までずっとリハーサルを。リストーリ先生がご病気になられたもので……。それで、先生はこちらには？

ダヌンツィオ　とにかく、お入りなさい、お嬢さん。さあ、入って、君には昨夜済まないことをしたと思ってね。……トム、急いでくれないか、もしあの手紙を取り戻すつもりなら、グズグズしないほうがいい。この件についちゃ、君の判断に任せるから。すべてね。

アントンジーニ　（躊躇しつつ出て行きながら）僕としちゃ、先生の判断を仰ぎたいって思っているんですけどね。

（ガッティ、扉口に佇んだままでいる）

ダヌンツィオ　さあお嬢さん、入って。遠慮は要らないから。

（ガッティが室内に入ると、ダヌンツィオ扉を閉める）

ガッティ　ドゥーゼ先生はどちらですの。わたし、お昼に先生にお目にかかる約束を。

ダヌンツィオ　彼女は劇場に行ったよ。

ガッティ　ではわたしも急がないと。

ダヌンツィオ　劇場へは、僕が船で送ってあげるから。でもその前に、君にお詫びをしなくっちゃ。

ガッティ　お詫びって？

ダヌンツィオ　昨夜のオーディションのことで、あれからエレオノーラに叱られちまってね。僕の意地の悪さは許し難いって。彼女はそう言ってたよ。僕はそんなに意地悪だった？

（ガッティ、うなだれる）

どう、意地悪だった？

ガッティ　昨夜はわたし、緊張の連続だったんです、一度に同じ場所で、先生はじめ、ボーイトさんやドゥーゼ先生にお目にかかることになってしまって……

ダヌンツィオ　それで、僕の意地の悪さは許し難かった？　許すことなんて到底できない？

ガッティ　許すだなんて、そんな……お詫びを言って頂かなきゃならないようなことはなにも……

ダヌンツィオ　それじゃあ率直に言わせてもらうが、昨夜の君の台詞まわしは、なっちゃいなかった、そのことは、自分でも分かっているね。

ガッティ　はい、分かっております。

ダヌンツィオ　君の態度は、自宅《いえ》で調べてきたことを教室で棒読みするだけの女学生、下調べしてきたことを更に掘り下げて発表しようとしない女学生のようだった。君は今日も、あんな調子で台詞を言うの？　ドゥーゼの前で。

（ガッティ、黙っている）

え、どうなの？

（彼女、頭を振る）

君は昨夜よりも、ずっと、ずっと上手に出来るはずだ。君なら、君のような育ちの女性《ひと》なら、それは訳もないこと。ドゥーゼが今の君の年代だった時より、遙かに簡単な仕事だよ。君は立派な家柄の生まれで、教育もある。それにとっても美しい。君はそのことを自分でよく分かっている。そうだろう。ある時僕がドゥーゼにアルビッソラに行くと言ったら、彼女はこう返してきたものさ、「あそこにはちっぽけな劇場があって、私そこで昔、掃き掃除やらされたことがあるの。そしたらひどい埃がたって、咳が出てそりゃあ困ったわ」ってね。でも君には芝居小屋で掃き掃除なんかやる必用がない、舞台の埃を長いドレスの裾《すそ》が引きずることはあってもね。それでお嬢さん、ちょっと訊いてみるのだけれど、貴女、この際、自分の持てる武器は全部使って、ドゥーゼのような大女優になってやろうっていうお心算《つもり》は？

（ガッティ、応えない）

返事のないところを見ると、貴女は心の奥に、そういう気持を、夢を、持ってるってことだね。分かったよ、さあ、こっちへいらっしゃい。

（ダヌンツィオ、娘の手を取り、彼女をバルコニーの方に連れて行く）

さあ、もう一度やってご覧なさい。

ガッティ もう一度？

ダヌンツィオ 「この通り夜の仮面がこの顔を蔽っている」っていうジュリエットの台詞さ。さあ、言って。

ガッティ 出来ません、そんなこと。

ダヌンツィオ もしこの件《くだり》が僕の前で言えないなら、どうして同じ台詞が観客の前で言えるの？　さあ、言ってごらん、もう少し勇気を出して、さあ。

（ガッティ、ダヌンツィオが指示したジュリエットの台詞を暗誦し始める。初めそれは通りの悪い震え声だが、そのうち突如自信に充ちたものに変わる）

ガッティ「この通り夜の仮面がこの顔を蔽っている。さもなければ乙女の恥じらいがこの頬を染めておりましょう、誰も知らぬ胸の内をあなたに聴かれてしまったのだもの。成ろう事なら嗜みを忘れずにいたい、成ろう事なら、言ってしまったことを取消したい、でも、お体裁はもう止めにしましょう！　本当に私を？　いいえ、解っているのです、愛して下さる事は。お言葉を信じましょう。でも、幾ら誓って頂いても、それが嘘でないとは言えない。恋人の二枚舌ならジュピターも笑ってお見逃しになるとか。おお、優しいロミオ、愛しておいでなら、そうとはっきりおっしゃって」

（彼女はこの件を見事な台詞まわしで言う。初め娘をじっと見つめていたダヌンツィオは、やがてゆっくりと彼女の方に歩いてゆく。詩人を前にしたガッティはすでに催眠術にかけられたような状態になっているが、突然ダヌンツィオは娘を腕の中に抱きしめ、その唇に激しく接吻する）

ダヌンツィオ　素晴らしい、完璧、完璧だよ！　君は大変な才能の持ち主だ、素晴らしい！

（ガッティがダヌンツィオの腕の中でもがくなか幕が下りる）

五（第一幕第五場）

前場からほぼ三ヶ月後。トリノのカリニャーノ劇場の楽屋。広く粗末な部屋には、傷みのはげしいソファーと一脚の肘掛け椅子と二、三の背凭れの真っ直ぐな椅子。ガッティはドゥーゼの外套と帽子を鉤にかけており、ドゥーゼは身のまわりに目を遣っている。

ガッティ　先生のお荷物やお召物の整理はわたしが致しますから、どうぞご遠慮なさらず仰って下さい。わたし、荷を造ったり解《ほど》いたりするの、好きなんです、なぜだか理由は分かりませんけど。きっと、ジプシーみたいな気性に生まれついているんですわ。

（ガッティ、ドゥーゼの外套と帽子を掛け終わると自分のコートを脱ぎ、スーツケースを開けて、中のものをしかるべき所に配置する）

ドゥーゼ　同じ、同じ埃の臭いがするわ。
ガッティ　先生、お坐りになられましたら？　それとも、横になって少しお寝《やす》みになるか——
——
ドゥーゼ　侘びしさもひとしおね。寒気がしちゃう。
ガッティ　お熱は大丈夫ですか？　一寸お待ち下さいませね。（自分の両手を擦りながら）まあ、こちらは、とてもひんやり致しますわ。（隅に置かれている鋳鉄のストーブの所へ行くと、焚き口を開けて火掻きで中の石炭を掻きまわす）
ドゥーゼ　昔と同じストーブね。でも椅子の方は脚が全部揃っている。この前は、脚の一本足りないものがあったけれど。
ガッティ　（壁紙を見ながら）この数字は、一体なんですの？
ドゥーゼ　数字ですって？　そんなものがまだここに？　私も初めてそれを見たとき、一体これは何だろうと思ったものよ。その数字、多分富籤か何かと関係あるのよ。（ドゥーゼ、ソファーに腰を下ろす。ガッティ、今度はドゥーゼの象牙の化粧品を取り出す）
貴女って、本当に優しいのね。
ガッティ　なんて素敵なお品ですこと。見窄《みすぼ》らしいテーブルの上に、こんな立派なものを置くのが躊躇《ためら》われますわ。

ドゥーゼ　それよりもっと汚いテーブルの上に置いたことだってあるわ。それね、デューマがくれたのよ。ガスケルの『バグダッドの王女』成功のお祝いにね。コメディー・フランセーズのあのクロワゼッテさえも失敗した作品を、よくあそこまで演《や》ったってね。でも考えてみれば、莫迦げたお芝居だわ。

ガッティ　そのソファー、もっと火の傍に近づけましょうか。もう充分お暖まりになられまして？

ドゥーゼ　ええ、すっかり。貴女こそ、終夜の旅でお疲れでしょう。

ガッティ　まあわたし、全然疲れてなんかいませんわ。

ドゥーゼ　今の『バグダッドの王女』のことだけれど、私、あのお芝居ね、鉄面皮で乱暴な誤魔化しの連続で観客に見せただけなの。貴女、それご存知？　ああいう作品こそ正に、イプセンやメイテルリンクや私たちのガブリエーレが決別しようと頑張ってきたシロモノなのよ。

ガッティ　ええ……。あっ、先生のヘアーブラシ、どこかしら……。ああ、ここ、ここ。ここにありましたわ。

ドゥーゼ　『バグダッドの王女』の終幕でね、女主人公は夫にその不実を咎められて、取り乱しながら繰り返し叫ぶのよ、「誓って、誓って、わたし誓って、疚《やま》しいことなどしちゃいません！」ってね。どう、下らないでしょう。ところが初日の夜、その場で私突然ひらめいて、それまでやろうとも思わなかった動きをしたの。そりゃああの瞬間《とき》は、自分でも一体どうなることかと思ったわ。（両手で顔を覆《おお》う）――とっても陳腐で感傷的な演技なんですもの。ところが、観客にはこれが大受けでね、この瞬間《しゅんかん》から私、彼等の心をつかんだって確信したの。私がやったのはこんなこと、つまりね、夫はまだ私を疑っている。で、私は、「誓って、誓って、嘘は申しません！」って叫びつづけながら、急に舞台を横切るようにして、小さな息子の所まで歩くのね。そこで子供の頭に手を置いて、最後にもう一度、「この子に賭けて、私はこの身の潔白を誓います！」と叫ぶのよ。（笑いながら）不味い芝居を救うには、時にはこういう手も使わなきゃならないってわけ。

ガッティ　でも今のお話を伺っていると、実際の舞台では、いかに演じる側の力量がものを言うかってことが分かりますわ。だって役者の演技ひとつで、面白い台本もつまらないお芝居に、つまらない台本も面白いお芝居になるのですもの。……ところでイザベラさん、こちらへは後の汽車でいらっしゃるんでしょうかしら。もしいらっしゃらないってことでしたら、わたしがお召替えを手伝いますわ。

ドゥーゼ　あの女《ひと》の旦那さんがね……。彼女、今度限りであの男と別れてくれるといいんだけど……

ガッティ　――それにしてもこの楽屋……、ねえ、先生、サラ・ベルナールはこの楽屋のこと、何て仰ってまして？　それは気分を害されたことでしょうね。

ドゥーゼ　ベルナール先生がここをお使いになったのは随分前のことだけれど、その時部屋はこんなに殺風景じゃなかったはずよ。先生がこのトリノにお見えになる十日前には、果物を運ぶ竹籠やらトランクやらが届き始めたって話だわ。それに、お召物や様々の芸術品や家具と云ったものもね。それから犬やお猿や鸚哥《いんこ》やカナリアなんかの動物もいたそうよ。すると劇場《こや》の支配人は、直ぐさまこの貧相な部屋の壁やなんかを塗り替えたってわけ。それはまるで金色《こんじき》の殿堂のようだったと新聞に書いてあったわ。それ以来、この楽屋に人の手は入っていないはずよ。でもね、その記事を読んだ時だったの、私がサラ・ベルナールっていう女優の偉大さに初めて気付いたのは。リストーリのために誰も部屋の模様替えなんかしなかった。そこを使う女優のために楽屋が塗り替えられたのは、後にも先にもサラ・ベルナールが初めてよ。そして彼女がここで引き起こした興奮の凄まじさ。その熱気の帯びようといったら尋常じゃないの。サラ・ベルナールの唇に上る台詞に動揺しない人間なんていなかった。「結婚は、法によって認められた友情にすぎない」だとか、「人は携帯用のランプのような心を持たねばならない。そういう心を持てば、当人の都合で何時でも自在にそれを点けたり消したり出来る」とか……。そんなランプみたいに、人の心が点けたり消したり出来たらね。

ガッティ あの方なら、おやりになりますでしょう、そんなことも。そう思いますわ、わたし。

ドゥーゼ （ドゥーゼ、咳き込む）

ガッティ 先生、お薬をここに、ここにお持ちしましょうか。

ドゥーゼ いいえ結構よ、必要ないわ。ここの埃のせいよ。それだけのこと。

ガッティ わたし、皆様と一緒にパリに行けないと思うと悲しくって。ここは父の言い付けに背いてでもご一緒しなきゃならないところなんですけれど……

ドゥーゼ いいえ、来てはだめ。今回はお家へ帰りなさい。もしパリから戻る前にお母様がお亡くなりになって、最後を看取ってあげられないようなことになったら、貴女、どれほど後悔するか分からないわ。そんな惧《おそ》れのあることはお止めなさい。

ガッティ サラ・ベルナールは、今度パリで初舞台をお踏みになる先生に、ご自分のルネサンス座を提供なさるそうですけれど、随分とお心の寛い方でいらっしゃいますのね。

ドゥーゼ ええ、先生はとても鷹揚《おうよう》な人よ。それがあの方の偉大なところの一つだと言ってもいいわ。

（ダヌンツィオ登場）

ダヌンツィオ　ああ、やっと見つけた。こんな所にいたのかい。探したよ。これじゃあまるでドンドの迷路園だね。エレオノーラ、あの迷路園でのこと、覚えている？　でも今度の迷子は僕だよ……。ねえ、エレオノーラ、はっきり言うが、あのイザベラにはもう暇を出すべきだ。ここから出ていってもらった方がいい。あんな当てにならないやつはいないよ。あいつのことで確かなことと云ったら、きわめつけの醜い婆《ばばあ》だということだけだ。

ガッティ　お持ちになったものはこれで全部だと思いますが、何か足りないものはございませんかしら。もし他にご入り用のものなどございましたら、なんなりとお申し付け下さいませ。

ドゥーゼ　エンマ、有難う。それで結構よ。感謝してるわ。本当によくやってくれて、……私、貴女が傍にいないと、もうどうしていいか分からないくらいよ。この娘《こ》はイザベラよりよほど親身に世話を焼いてくれるの。

ダヌンツィオ　云うまでもないことさ。

（ガッティとダヌンツィオは、ドゥーゼを前に明らかに窮屈な思いをしている。ガッティ、ドアの方に歩みを進める）

貴女、もう行っちゃうの？

ガッティ　ええ。父から電報が届いてないか、気になるものですから……。エレオノーラ先生、リハーサルの前に何かご用がございましたら、どうぞお言いつけ下さいませ。わたし、ホテルに居りますから。

ドゥーゼ　色々有難う。

（ガッティ、出て行く）

ダヌンツィオ　彼女、なかなか気が利くね。

ドゥーゼ　あの娘《こ》、とっても私によくしてくれるの。

ダヌンツィオ　じゃあ、精々大事にしてやるんだね。

ドゥーゼ　一緒にパリに連れていってあげられないのが気の毒で。あの娘、この何週間かの間に、そりゃあ上達したのよ。『十二夜』の彼女のヴィオーラ、本当に素敵なんだから。貴方、そうはお思いにならない？

ダヌンツィオ　ああ、確かにあの娘は呑込みが早い。でも、モノになるかどうかはまだ分からないね。本当の独自の才能なんてものは、持ってやしないんじゃないかね。上手なのは他人《ひと》の物マネだけで。

ドゥーゼ　貴方、あの娘のこと、以前はそんな風に仰らなかったわ。まあ、時々彼女から冷たくあしらわれるので、貴方が苦々しい思いをなさっているってことは分かるけど。

ダヌンツィオ　何が言いたいのさ。

ドゥーゼ　（笑いながら）冗談よ。貴方たちの関係がもう少し旨くゆくと助かるんですけどね。今みたいに、貴方たちに一緒に部屋にいられると、とっても気遣わしいの。

ダヌンツィオ　お察しのとおり、ああいう娘《むすめ》は虫が好かなくってね。嫌いなのさ。（片方の手をドゥーゼの額に当てて）まだ熱があるみたいだね。エレオノーラ、ベッドで寝《やす》んだほうがいいよ。

ドゥーゼ　私、やらなきゃならないことがたーんとあるの。パリに発つまでに、もう半年もないのよ。……ガブリエーレ、あのお芝居のことだけれど、どうなっているの。あれを、舞台にかけるんでしょう。シュールマンが言ってるのよ、もし来月までに台本があがらなければ、今度の公演のレパートリーに加えるのは無理だろうってね。

ダヌンツィオ　だったら、君も無理に新作にこだわらなくたっていいんじゃないかな。

（ドゥーゼ愕く）

エレオノーラ、『死都』のことについちゃ、ずっと思案をつづけている。一つにはそれがまだ全体的に、しっかりとこちらの思い描くような形を具えるところまでいっていないということもあるが、作品を僕の納得のいくものに仕上げるには、他にまだ、細部にわたって手を入れる必用のあるところが多々あるんだよ。じっくりと焦らないで検討しなきゃならないところがね。あの芝居の主人公は、本当のところ、君の、君の才能には似つかわしいとは思えないんだ。あの役をこなすには、君とは別な個性の女優が必用だ。あれに君は適役とは言えない。僕はそのことが何時も胸を離れなかったんだが、今やっと結論が出たよ。

ドゥーゼ　そんなこと仰らないで。私に、お願いだから私に演らせて。以前、誰も私にシェイクスピアのクレオパトラやイプセンのヘダ・ガーブラが勤まるなんて思ってやしなかった……。でも結果はどうだった？　私が今度の新作のヒロインに挑戦しちゃいけない謂《いわれ》はないわ。

ダヌンツィオ　勝手なことを言うようだが、今度の新作はどうあっても成功させたいんだ。君だって、僕がこの作品のためにどれほど長い間苦闘しているか知ってるだろう。何ヶ月も何ヶ月もね。これは、恐らく僕の代表的な戯曲になるだろう。正真正銘のサラブレッドさ。だから、それに一番相応しい騎手を乗せて初めて優勝も出来るんだ。エレオノーラ、今の僕には、君がこの馬を乗りこなせるかどうかを実験してみる余裕《ゆとり》はないんだよ。

ドゥーゼ　でも私、『死都』をパリで演《や》るの、夢だったのよ。私、貴方の今度の作品、自分で演じてパリのお客様に観て頂きたいの。

ダヌンツィオ　でもパリの公演まで、後半年もないんだよ。そんな無茶を言われても困っちまう。

ドゥーゼ　ああそう、今度の新作のこと、貴方がどんなつもりでいらっしゃるか分かったわ、すっかりね。

ダヌンツィオ　でも君にしたって、こなれていない役でパリの舞台に上がるのは嫌だろう、違うかい?……これまでにも度々言ってきたことだけど、どんな場合でも、甘い見通しでことを起こすのは危険だよ。

ドゥーゼ　貴方、私の才能なんか、ほとんど信じて下さっていないのね。

ダヌンツィオ　君の才能のことは勿論大いに信じている。でもその一方で、今の僕たちの限界ってこともしっかり踏まえておかなくちゃならない。今度の作品についちゃ、幾つかの点で、君には、その、押しって云うか、輝きって云うか、要するにその役柄が要求する強度ってものが欠けているのさ。誰もショパンの音楽にはワーグナーの重厚さがないと言って難癖つけるやつはいない。聴衆にとってショパンは、繊細華麗なものを提供してくれればそれで充分なのさ。連中が、かのピアノの詩人には『パーシファル』のような壮大な楽劇が書けたなどと嘯《うそぶ》くこともないだろう。（彼女に腕をまわして）誰もあのショパンの音楽の穏やかさや優しさや俗物性の背後《うら》に、とてつもない野心が隠れているなんて思やしないんだ。

（ドゥーゼ、相手に反論しようとする）

いいかい、僕は何も君の演技の批判をしているわけじゃないんだ。天才というものは、純粋で一徹でかつ非情でなければならない。この点、君には願望が多すぎる。君は僕なんかと比べても、多くのことに欲を出しすぎだ。……その欲望過多に注意することだね。

ドゥーゼ 何が仰りたいの？

ダヌンツィオ 僕はね、今度のパリ行きを、君に諦めさせることができないかなと思っているのさ。為にならないような気がしてね。

ドゥーゼ 何てことを仰るの。折角、ベルナール先生がご自分の劇場を使わせて下さるって云うのに。

ダヌンツィオ 君は騙されているのじゃないのかい。初心《うぶ》なのにも程《ほど》があるよ。君は、君は、あのサラ・ベルナールが、ただの親切心や寛大さや同業者の誼《よしみ》で、自分の劇場《こや》を君に貸してくれると思っているのかね。えっ、そうなのかい？　あの女が一筋縄でいかない人間だということはよく分かっている。彼女がどれくらい自己中心的で腹黒いかってことは、先刻承知さ。あの女はね、君を潰《つぶ》すためにパリに来るよう唆《そそのか》しているんだよ。大体、あの神のような女優と呼ばれるサラと張り合おうと考えること自体、君の頭がおかしくなっている証拠だよ。

ドゥーゼ　あの方と張り合おうだなんて、そんな気持は更々ないわ。何故私が、ベルナール先生に戦いを挑まなきゃならないの？

ダヌンツィオ　彼女の劇場《げきじょう》に出るってことは、必然的に相手を敵にまわすことになるのさ。君はサラが、デューマや劇評家のサーセイや詩人のモンテスキューが、自分の頭上の月桂冠を取り去って、それを君の頭に被せようとするのを快く承服すると思うかね。君はサラが病気で臥せっていた折り、彼女にお見舞いの電報を送ったのを覚えているだろう。主治医のポッツイ博士《さん》に後で直接聞いた話だが、君の電報が彼女の許に届いた時、彼は偶々《たまたま》サラの部屋にいたそうだ。そしてその便りを請われるままに彼女に読んで聴かせると、サラは吐き捨てるように言ったという、「あの雌ギツネめ、小癪《こしゃく》なマネを！」とね。君の送った善意の文《ふみ》をあの女がどう受け取ったかということの、これが真相さ。ポッツイさんはこのサラの悪罵に対して、笑いながら、「でもベルナールさん、折角ですが今のお言葉、ドゥーゼさんへのご返事として、私の方からお伝えすることは出来かねます」と窘《たしな》めた。するとあの女は言ったそうだ、「じゃあ、この私からキスを贈ると伝えておくれ」とね。そして、そのキスというのが、今回の劇場の提供なんだよ。このキスにゃ、毒が混ざっているぜ。

ドゥーゼ （身震いして）でもシュールマンの話じゃ……

ダヌンツィオ あの男は莫迦だよ。君にはもう口の酸っぱくなるほど言っただろう、マネージャーを変えろってね。……いや、エレオノーラ、分かって欲しい、僕は君をパリに行かせるのが心配なんだ、心配で心配でならないんだよ。あの都市《まち》にゃ、至る所にあの女の取り巻きがいる。名のある批評家もパリのありとあらゆる分野のリーダーも、みんなサラの取り巻きだ。君は舞台でフランス語を喋るわけじゃない。イタリア語の分かる観客の数なんて高が知れている。それを君は、フランスの土壌から生まれていない芸術や芸術家には怖ろしいほどの敵愾心を向ける国民に向かって、サラが自らの地位を築いてきた『マグダ』や『椿姫』や『クロードの妻』を演ろうというのかね。リストーリに、フランスの観客がやったことを見てご覧よ。彼等は表向き、彼女をさかんに贔屓《ひいき》するような振りをして、その実、口当たりのよい賞讃の言葉や謙譲語の数々で、わがイタリアの誇る大女優を誉め殺しにしたのさ。

（シュールマン登場）

シュールマン ああ、エレオノーラ、さっきエンマに会ったよ。部屋の手入れが全然出来ていないんだって？……おや、本当だ、酷いところだね。莫迦にするにも程があるじゃないか。僕はね、即刻この楽屋が模様替され、新しい調度が入らないようなら、君は絶対舞台には立たない、って言ったんだ。

ドゥーゼ こんなお部屋のことなんか、大騒ぎするほどのことじゃないわ。

シュールマン いや、これはとっても大事なことだ。もしここでこっちが大人しく黙っていると、奴等は君を軽んじてしまう。そういうことは、断じてさせちゃいけないんだ。ここは彼等の不手際をうるさく言わないとね。

ダヌンツィオ 君って人は、本当に騒ぎ立てることが好きと見えるね。一問着起《ひともんちゃく》こすことがね。こんなことなら君は、若かりし頃の夢を捨てずに、本当に役者になるべきだったよ。大役者にね。

シュールマン 大役者でなくたって、あまりに粗末な待遇《あつかい》を受けりゃ、騒ぎの一つも起こしたくなるってもんさ。ああ、埃もこれまたひどいね。（トテーブルの上に指を走らせる）こんな所にいた日には、碌に息も出来やしない。君の声がダメになってしまう。直ぐに支配人のモンターレに会ってこよう。

ドゥーゼ 貴方、そんな埃のことなんかいいったら。ガブリエーレがね、今こっちを怖がらせるようなことを言うのよ。パリでベルナール先生の劇場の舞台に立つなんて狂気の沙汰だ、きっと相手は私をダメにしてしまうってね。

シュールマン 何を下らない。

ドゥーゼ　ガブリエーレの話を聞いていると、なんだか本当に心配になってくるの。多分彼の言うとおりよ。パリの公演は、私には荷が重すぎるわ。

シュールマン　（激しく興奮して）それは違うよ。エレオノーラ、いいかい、よく聴くんだ。僕が初めて君の舞台を観たとき、――そう、知っての通り、僕は当時サラ・ベルナールのマネージャーだった。そのサラと組んでいた頃の、君に対するこちらの印象を言わせてもらうと、僕は君が女優として成功、本当の成功を得られるかどうかを危ぶんだものだ。舞台で主役を勤めるには大変な精力が要るけれど、いかんせん、その時の君はか弱そうで、一寸《ちょっと》スタミナに欠けるように思われた。だがこの考えは、ローマで君の『椿姫』を観たとき一変した。初めは勿論、サラ・ベルナールの当たり役に挑戦するなんて狂気の沙汰だと思ったものだ。けれど君の死の場面を観てはっきりと悟ったんだ、間違っていたのは自分の方だ、これは全くこちらが盲《めくら》だったとね。僕はヒロインの例の最期の場面は、それまでにもう何百回と観ていて、もはや心を動かされなくなっていた。たとえそこでサラが彼女の最高の演技を見せてくれたとしてもね。けれど君の演じるマルグリッドが最期を迎える場面を観ているうち、僕は自分の目が涙に濡れているのに気付いたのさ。――舞台の君はベッドにその身を横たえている。体がもう一度よくなったら一緒に旅に出ようと元気づける傍のアルマンの話に、君はうっとりと夢見心地。だが、しばらくするとその表情は一変する。台本には何の記述もないが、そこで我々は、我々観客はすべて、突如君が、自分とアルマンとの間に立ち上る死の幻影を見たことを悟るのさ。そして我々自身、この目ではっきり見ることが出来るんだ、その幻が君の顔にくっきり映し出されている様子をね。それはベッドのカーテンから現れ、壁づたいに進んでゆくが、君はその姿を怯えたような目つきで見つめている。幻が扉の方に近づいてゆくのをずっとね。やがてその幻影がかき消えると、再び君の意識はアルマンと二人の旅の計画の方へと戻り、それとともに君の希望もよみがえる。彼女はもう一度自分の前途に望みを持ち始めるわけだ。だがその刹那、彼女の手がドサリとシーツの上に落ちるのを見て、君のその所作だけから、観客は、死が本当にヒロインの許を訪れたことを悟るのさ。この演技が終わった瞬間、僕の足は一目算に君の楽屋を目指してたんだ。覚えている?

ドゥーゼ　その時から私たちの関係が始まった。

シュールマン　誓って言うが、サラの演技が君のレベルに達したことなどありゃしない、一度だってね。君はサラを越えたのさ。パリの舞台に立ったって、あの夜のような演技を見せる限り、君には何も怖れるものなどありゃしないんだ。約束するよ。

（ドゥーゼ、二人の男の顔を交互に眺める）

ダヌンツィオ　神はね、自分たちが抹殺しようと思う人間の心を先ず狂わせるのさ。
ドゥーゼ　私は狂ってる、パリの舞台に立とうとするのは私が狂気に陥っている証拠だと仰りたいの?
シュールマン　そんな莫迦なこと、あるはずないよ。
(ダヌンツィオ肩をすくめる)
ドゥーゼ　私の中の何かが、私にパリの舞台に立てって言うのよ。だから私は挑戦するわ、たとえそれが為に、自分の舞台生命が終わりを告げたとしてもね。
シュールマン　取り敢えず、早急《さっきゅう》にこの部屋の模様替えをするよう支配人のモンターレに申し入れてこよう。月曜日にはここも、少しはマシな楽屋になっているさ。それで、いいね、エレオノーラ、何があろうと、この僕を、この僕を信じるんだ。僕がこれまで一度だって君に、実現できないような大風呂敷を広げたことがあったかね。君の能力以上のことをやれと言った例《ためし》があったかね。そこのところをよく考えるんだ。
(シュールマン出て行く)
ダヌンツィオ　奴は自分の存在というものを、余りに君と重ねすぎだ。あの男は元々、自分が大女優、プリマドンナになりたかった。だが、男に生まれてきてしまったために、その身体や声では到底己れの夢は叶えられない。そこであいつは自分の身代わりに、それを君にやらせようとするのさ。だから君の勝利は、取りも直さず奴の勝利ということになる。だが覚えておくがいいさ、もし災いなんかが降りかかって、君がにっちもさっちもいかないようなことになりでもしたら、奴は即座に君を捨ててしまうってことをね。何故ってそんな敗残者の運命は、もはやあの男が自分の運命として夢見てきたものではないからさ。……それでだね、エレオノーラ、例の『死都』のことで、僕はぜひ君に聴いてもらいたいことがあるんだよ。

ドゥーゼ　そのお話なら今日はいいわ、別の日にして下さる？

ダヌンツィオ　僕の話で、君が傷つくことは承知している。でもこのことは、君にぜひとも早く言っとかなきゃならないのさ。それが誰か他の奴から伝わる前にね。

ドゥーゼ　何が仰りたいの？

ダヌンツィオ　エレオノーラ、僕はかなり以前から、サラ・ベルナールに一本芝居を書く約束をしているってこと覚えている？　確か話したはずだけど。

（ドゥーゼ、一瞬相手を凝視し叫び声をあげる）

ドゥーゼ　貴方あの作品、彼女に渡すおつもりなのね。

ダヌンツィオ　今朝彼女から、『死都』を読んだって云う電報が届いてね、それにはフランス語で簡潔に「素晴らしい、素晴らしい」って書いてあったよ。……ねえ、君、さっきも言ったように、あの作品は、君に相応しいものじゃないんだよ。
ドゥーゼ　だから、だから彼女に送ったのね、私に一言も断らないで。
ダヌンツィオ　徒《いたずら》に君を動揺させるようなマネは避けたかったのさ。仮にサラがあの芝居に興味がないと云うことだったら、何も言わなくたって済んだだろうしね。
ドゥーゼ　私は予備《ひかえ》、第二候補というわけね。よく分かったわ、ガブリエーレ。貴方って、本当に、本当に酷《ひど》い人ね。
ダヌンツィオ　そんな風に取らないで欲しいもんだね。あの芝居は、サラに約束していたものなんだ。約束は、守らなくちゃいけないだろう。
ドゥーゼ　ご自分に都合のいい約束だけはお守りになるのね。
ダヌンツィオ　作品を読めば、君にも僕の言っていることが納得いくよ。
ドゥーゼ　私、あのお芝居読んでみたいって言ってたじゃないの、何度も、何度も、毎日ね。でも、それを貴方は最初にサラ・ベルナールに読ませた。彼女には読ませておいて、この私には、まだ書き上がっていないなんて嘘をお吐《つ》きになったのよ。
ダヌンツィオ　『死都』が仕上がってないのは本当さ。サラに送ったのは最初の草稿でね。彼女は来季まで、それのリハーサルは出来ゃしないんだ。君は直ぐにも完成した作品が欲しいと言った。

ドゥーゼ　裏切ったのね、私を。貴方のこと、ずっと信じてきたのに。でも貴方は私を騙していたんだわ。貴方が私に嬉しがらせを言うのは、貴方の都合のいいときだけ。それは自分のために、これまで数限りない女たちを持ち上げて使ってきたのと同じよ。何時もご自分のことしか考えていらっしゃらないのだわ、貴方は。

ダヌンツィオ　エレオノーラ、僕たちは同じ穴の狢《むじな》だろ。そのことは、君にもよく分かっているはずじゃないか。僕たちにとって最終的に大切なのは、夫婦の絆でも子供でもないんだ。お互いに対する愛情だって、一番大切なものとは言えやしない。僕たちが最も尊重すべきなのは、あくまで仕事なんだよ。そんなことの分からぬ君じゃないだろう。自分が昔の亭主にどんな態度をとったか、又あのボーイトの奴をどんな風にあしらったか、考えてもみたまえ。君の惨《むご》い仕打ちに泣いた哀れな男たちのことをね。僕たちが真心を尽くして仕えるべき唯一のもの、それは己れの仕事、芸術なんだ。この偉大な主人《あるじ》のために、僕たちは一切のものを犠牲にする覚悟をすべきなのさ、自分のもてるすべてを捧げる覚悟をね。勿論僕は君のことを愛している。この世に君ほど愛しいと思える女性《ひと》はありはしない。それでも、もし僕が自分の仕事を採《と》るか君を採るかの選択を迫られたら、僕は躊躇なく仕事の方を採りたいと思っている、たとえそれがどれほど苦しく、辛く、胸の張り裂けるようなことであろうともね。それはいかにも非情なことだ。でもそれが僕たち芸術家の在り方なのさ。

ドゥーゼ　私は、私は、そんな人でなしにはなれないわ！

ダヌンツィオ　いや、君はそういう女だよ。……僕はね、君がいつか話してくれた、黄熱病のためにディオネジャネイロで亡くなったあの若い俳優のことが忘れられないんだよ。

ドゥーゼ　ジュゼッペ・ランブリのこと？

ダヌンツィオ　そう。彼が病に倒れたとき、君は相手の傍らに跪《ひざまず》いて病気の平癒を祈願したと言ったね。その時のお祈りの言葉、覚えている？

（ドゥーゼ頷く）

じゃあ、その文句、ここで言えるね。言ってご覧よ。

ドゥーゼ　（ゆくっりと）「聖母マリア様、どうか貴女様のお恵みを以て、この哀れな若者をお救い下さい。――後生ですから、私どもの願いをお聞き届け下さいませ。この人をお救い頂けるとあらば、たとえ私の女優としての生命《いのち》が絶たれるとも悔いはございません……」

ダヌンツィオ　君のその祈りにもかかわらず、勿論その若者の命は助かることはなかった。彼の死は避けられなかったんだ。そして君にしたところで、確かに祈りの言葉は口にしたが、それは真心からのものじゃなかった。仮に君がそこで、自分の仕事か彼の生命《いのち》かのいずれかを選ばなくちゃならない立場に置かれたとしたら、君は間違いなく――

ドゥーゼ それは違う、全く違うわ。私は心の底から彼の快癒を祈ったわ。その気持に嘘はなかった。彼には何としても生きていて欲しかったのよ。

ダヌンツィオ 君は自分の主人《あるじ》であってもいいが、その仕事についちゃ、主人ではなく召使《しもべ》になるべきだ。丁度僕が自らの仕事に仕えているようにね。僕の仕事は僕という人間を酷使し、それは又君をも酷使するだろう。君は、その厳然たる事実から目を背けるべきじゃない。

ドゥーゼ 私だって、この身を、この身を仕事に捧げてきたわ。繰り返し、繰り返しね！

（ドゥーゼ、どうすることも出来ずに啜り泣き始める。ガッティ登場）

ガッティ 職人の方が、今からこのお部屋の模様替えをなさるそうですわ。――あら、どうなさいましたの？（トドゥーゼとダヌンツィオの顔を交互に見る）何が起こりましたの？

ダヌンツィオ エレオノーラの体調が思わしくなくってね。今度の旅が一寸応えたのさ。彼女には、もっと自分の健康に注意してもらわないとね……。じゃあ、エレオノーラ、今晩九時になったら迎えに来るからね。いいかい、九時だよ！……ふむ、この部屋は模様替えの必用があるっていうのは、シュールマンの言ったとおりだ。こんな楽屋を宛《あて》がわれるのは、屈辱以外の何ものでもないよ。（出てゆく）

ガッティ　どうなさいましたの？　何がございましたの？（トドゥーゼの肩に腕をまわす）

ドゥーゼ　ああ、もう沢山、沢山だわ！

ガッティ　先生の額、怖ろしいほどの熱さですわ。大変なお熱がおありになりますよ。さあ、急いでホテルにお戻りにならなければ。

ドゥーゼ　ああ、忌々しい劇場！

ガッティ　仰るとおりですわ、汚くって、とても寒くって！

ドゥーゼ　いいえ、私の言っているのは、自分の舞台生活のことよ。舞台がなければ、私は生きてこられなかった。でも、それは、刻一刻と生命《いのち》を、私の生命を蝕んでいるのよ！

（シュールマン、パッと扉を開ける）

シュールマン　さあ、大女優エレオノーラ・ドゥーゼのご威光をとくとご覧《ろう》じろだ！　君が一言言えば、左官屋だって掃除夫だってすっ飛んで来る。奴等には、さあ皆さんこちらです……そのテーブルは片付けて……という具合に遠慮なく指示を出せばいい。（廊下の男たちに）さあ、入った、入った！　早速仕事だ！（ドゥーゼに）分かっているね、この世界じゃ、君のどんな些細な命令も、立派な法律になるんだよ。

――幕――

六（第二幕第一場）

前場より六ヶ月後。ヴェニス。草木の繁茂した庭の一隅。庭の周囲には丈の低い土塀が巡らされ、表面の落剥したその土塀の向こう側には運河が流れている。初夏の日差しを浴びた辺りの草木より鳩の啼き声。喪服姿のガッティがイーゼルを前に腰を据えている。付近から、「ほら、こっちだよ、お前も莫迦だね、この石段を上がるんだよ。いや、そっちじゃない、こっちだって」と言う声がし、彼女はその声にびっくりする。声の主はダヌンツィオ。

ダヌンツィオ　（舞台の陰から）ガッティさん、ねえ、ガッティさん！（ト白いスーツにパナマ帽姿で登場）

ああ、やっと僕の獲物を見つけたよ。そんなに愕いたような顔をしなくたっていいだろう。
ガッティ　どうしてここに？
ダヌンツィオ　僕のゴンドラでね。
ガッティ　いえ、わたしの申し上げているのは、先生は、どうしてわたしがここにいるのがお分かりに……
ダヌンツィオ　イタロの奴が見つけてくれたのさ。あいつには重宝しているよ。新聞でお母様がお亡くなりになったのを知ってね。この度は本当にご愁傷様。お力落としもさぞかしだろうね。お気の毒に。（ト軽く頭を下げる）
ガッティ　恐縮ですわ。
ダヌンツィオ　新聞の伝えるところじゃ、ミラノ大聖堂での告別式はそれは盛大なものだったらしいが、僕はその記事を読んで、お母様の葬儀が済み次第直ぐに君は、パリから帰ってくるドゥーゼに会いにこのヴェニスに戻ってくると踏んだわけだよ。後の手筈はみんなイタロが整えてくれた。だが今朝、ここに来ようとすると、奴はあまりいい顔をしないのさ。こちらを責めるような顔をしてね。これは言ってみりゃ、イタロがドゥーゼに対して忠義立てしている証拠じゃないか、あいつの主人《あるじ》はこの僕一人だっていうのにね。けれどこんな時奴が何時も言っているように、僕って男は、「一人のご婦人に慣れてくると、直ぐまた別のご婦人に声をかけなきゃ気の済まない人間」なのさ。

ガッティ　でも何故、わたしなんかのところへ？

ダヌンツィオ　ああ、僕がここへ君に会いに来たその理由《わけ》を挙げるとなると、百ほどもあろうかね。ではその第一の理由《りゆう》はと訊かれれば、やっぱり寂しいからと答えるだろう。君も知っての通り、僕には例の一寸した選挙[12]があって、パリには長く居られなかった。けれど、いくら熱狂したところで期間が過ぎれば祭りは終わる。祭りの後は殊の外空しいものさ。だからって、今さらパリに新たな刺激を求めて戻るほどのこともない。来週には、ドゥーゼはここに帰って来るんだからね。と云うわけで、なすことのない僕は一人無聊《ぶりょう》に苦しむこととなり、その苦しみから逃れるために、何か面白そうなことを探すことにしたってわけだよ。こんな気持になることはしょっちゅうでね。何ヶ月も心血を注いできた仕事が完成すると、何時もこういう暗い気分に陥ってしまうのさ。（ガッティの絵を吟味しながら）絵は昔から？

ガッティ　いいえ、わたし、そんな才能ありませんもの。

ダヌンツィオ　（絵を具《つぶさ》に見ながら）残念ながら、君の自己認識は正しいようだね。でも僕たちの初めての出会いとなったあの夜は、君に演技の才能があるなんて、とてもじゃないが思えなかった。でも今の君を見てみたまえ。明らかに大女優の片鱗をのぞかせている。

そのうち、第二のドゥーゼが誕生するかも知れない……。しかし、何でまたこんな所で絵なんぞを？

ガッティ　こうしていると、気持が安らぐんです。

ダヌンツィオ　君のような生まれの娘が水彩画を描《か》こうなんて気をおこすのは、決まって、自分の才能を活かせる職に就いたり、いい結婚相手を見つけたりする希望が絶たれた時さ。でも君の場合は、天職と云うべきものを持っている。それに、請け合ってもいいが、この分だと、君がいい伴侶と巡り会うのもそう先のことじゃなさそうだ。

ガッティ　パリ公演のご成功、素晴らしいニュースじゃございません？

ダヌンツィオ　君、今度の公演のこと、彼方《あっち》じゃ人が何て言ってるか知ってる？　パリにサラ・ベルナールはただ一人、それはエレオノーラ・ドゥーゼだとさ。

ガッティ　そこまでの高い評価を、先生は当初予想なさっていらっしゃらなかったわけでしょう。

ダヌンツィオ　そりゃあこんな成功は、僕には疑問だったよ。

ガッティ　だからエレオノーラ先生はあんなにお辛い目を……。わたしには分かりかねますわ。何故ダヌンツィオ先生はあんなに……。わたしは今度のご成功を、少しも疑ったことはございませんでした。

ダヌンツィオ　察するところ、君はまだパリに行ったことがない。しかもサラ・ベルナールについちゃ、出会って話したこともその舞台を観たこともないはずだ。もしそういう経験が少しなりともあれば、君には僕の不安がよく分かったはずだ。……まあ、君がドゥーゼに抱《いだ》いているその敬愛の念は有難い限りだがね。

ガッティ　エレオノーラ先生は、何時も優しくして下さるし、包容力があって、わたしの気持、とってもよく分かって下さいますもの。

ダヌンツィオ　大女優が若手のライバルに、普通は見せない厚意だね。

（ガッティ、再びキャンバスに向かっている。一方ダヌンツィオは土塀の上に腰を下ろしている）

ガッティ　わたし、エレオノーラ先生と張り合おうなんて、これっぽっちも思っちゃいませんわ。

ダヌンツィオ　本当にそうかね。

ガッティ　当然ですわ。

ダヌンツィオ　その黄色い部分《ところ》、なんとも胸くその悪くなるような色合いだね。もう少し旨く描けないものかね……。とにかく、君がここにいてくれて、僕は救われたよ。話し相手が欲しかったのさ。先達っても、ある女性と旧交を暖めたくって、ローマからの帰り道、ベローナに立ち寄ったんだけれどもね……。昔そこで知り合った女で、ロシア人との混血なのさ。ルーマニア出の一寸《ちょっと》したユダヤ人の資産家を亭主にしていたはずなんだが、消息を尋ねてみて愕いたね。君、彼女はどうしていたと思う。なんと、フランスの僻遠の修道院に入っていたよ。その在処《ありか》さえ、よく分からないようなね。

ガッティ　イタロさんがいらっしゃるじゃありませんか、そういうことがお知りになりたければ。

ダヌンツィオ　懺悔《ざんげ》と夜の勤行《ごんぎょう》に面やつれし、年老いてゆくことも厭わず僧院の奥で厳格な戒律の下に修行する畏れ多い人間のことを、今さらあれこれ詮索するのは、幾らなんでも些《いささ》か罰当《ばち》たりな気がしてね。ただ、あんな愚行に走った彼女の気持が分からない。一体何が、あの女に修道院の扉を叩《たた》かせたのかね。

ガッティ　先生は、信仰をお持ちじゃないんですの？

ダヌンツィオ　君が言ってる意味じゃ、僕は信仰なんて持ってやしない。そんなことは断じてない。……ただ信仰のことを云うのなら、やはりあの女、今や人知れず神の前に額《ぬか》ずいて、紋切型の祈禱文を有難そうに口にしている、僕のその女友達のことを話して聞かせなければなるまいね。かつて彼女は正真正銘のダイアナ、狩りの好きな女だった。あいつは、他の女が純白の亜麻布に針を通す時の、あの確固としたこなれた手つきで、雄鹿の頸《くび》にナイフを突き刺したものさ。その獣《けもの》から血なんぞ幾ら流れたって、怖がりゃしない、ちっともね。一度彼女と一緒の時、こんなことがあった。水の中に飛び込んだ雄鹿が、それを岸辺に引き上げようとする猟犬に取り囲まれたことがあったんだが、その光景を見るなり、彼女は直ぐさま乗っていた馬の鞍から飛び降りて、鞘を払ったナイフをえいとばかりに獣の心臓に突き刺したのさ。

ガッティ なんて怖ろしい！

ダヌンツィオ いや、それは見事な手捌《てさばき》だったよ。

ガッティ 今のお話を伺うと、その方が修道院の扉を叩いた理由《わけ》が分かりそうな気がしますわ。今の先生のお話のなさり方、作品のことをお話になる時とご様子がとってもよく似てらして……、率直に申し上げますけれど、何か、その、わたしには到底受け付けがたいものの蠢《うごめ》きをその中に感じますの。

ダヌンツィオ でも、それは同時に君を興奮させ魅惑する、違うかね？（笑う）君のはまるで、血の気の失せたプチブルどもの言い草だ。そんなことを言うのなら、例えば君の一族の間に、これまでどれほど夥《おびただ》しい血が流されてきたか、そのことを少しは考えてみるんだね。

（遠くで、クッ、クッ、クッと鳩の啼く声。ダヌンツィオ、ゆっくりと身体を伸ばす）

今日は日曜日だろ、だから今朝は早く、僕は礼拝中の教会へ足を運んだ。いや、今も言ったように、別段信仰心があってのことじゃない。けれど僕は、夏の教会のカトリックの儀式が好きなのさ。この時期聖堂内は、己れに纏《まとい》つくこの世のありとある偏見や苦悩や欲望を神の家に引きずってきた女たちで一杯になる。彼女たちは皆一様に控え目な黒のドレスを着ているけれど、ベール越しには好奇の目の輝きが見える。その眼《まなこ》はすべて、自分たちが周囲から見つめられ、注目され、賞讃されているっていう喜びに充ちているのさ。

ガッティ わたし、先生と教会でお目にかからなくて、よかったですわ。

ダヌンツィオ （笑いながら）そう、僕とああいう場所で出会わなかったのは幸運と云うべきだよ。……今でもよく覚えているが、あれは去年、サルーテ教会でのことだった。告解聴聞席の陰に、たまたま二人の娘を見つけてね。巨大なオルガンの荘厳な音が鳴り響き、テノールが天上への憧れに充ちた聖歌《うた》をうたう中、彼女たちは跪いて祈りを捧げていたが、よく注意すると、時折彼女たちの肘が触れ合い、頭髪《かみのけ》も互いの頬にかかっているのが分かる。と、突然僕は見たのさ、罪深い娘のうちの一人が相手の手を取り、それを自分の唇に押し当てるのをね。そこに渦巻く欲望の凄まじさと云ったら、それがために天使ケルビムも、自らの金色の無花果《いちじく》の葉を屋根に落とし、怖ろしい金切り声をあげて、飛び去ったかと想像したくなるほどのものだった。

（ガッティ、イーゼルから絵を降ろす）
もう描き終わったの？

ガッティ　いいえ、でも、もう帰りませんと。

ダヌンツィオ　こんなに早く？

ガッティ　することがありますから。

ダヌンツィオ　することって？

ガッティ　（冷たく）色々と……。エレオノーラ先生にもお手紙を差し上げなきゃなりませんし。

ダヌンツィオ　パリ公演の成功のお祝いを言うの？……僕はあの夜ボックス席にいたサラ・ベルナールが見たかったよ。アルテミスの怒りを解くためアガメムノンによって犠牲に供されようとするイピゲネイアさながら、バラの冠《かんむり》を戴いたあの大女優がね！……でも君、そんなお祝いの手紙なら、後ででも書けるじゃないか。

ガッティ　いいえ、今すぐ書きませんと。午後に投函したのでは、パリに着くのが余りに遅くなってしまいますもの。

ダヌンツィオ　君がお祝いの手紙を出そうが出すまいが、彼女は気にも留めないだろうさ。なにしろあの成功の後だろう、エレオノーラの部屋は、もうそこいらじゅう祝電やその手の手紙で一杯さ。

ガッティ　それじゃあわたし、行きますから。

（彼女は大きな木製の絵具箱を取り上げようとするが、その時箱の蓋が開いてしまう。ガッティは絵具箱を危なっかしげに膝の上にのせ、片方の手で先ほどまで描いていた絵を持ち、もう片方の手でくだんの蓋を閉めようとする）

ダヌンツィオ　ほら、僕に任せてご覧。（ト蓋を閉めるのにさも彼女から絵具箱を受け取るような風をしてその傍に寄るが、箱は手にしないでそれを相手の手中に残したまま、器用に蓋だけぴしゃりと閉める。その途端、彼女は小さな叫び声をあげる）

おや、これは吃驚《びっくり》させてしまったね。申し訳ない。（が、言葉だけで気持はこもっていない）

ガッティ　わざとなさったのね。

ダヌンツィオ　仰る通りさ。でも謝るよ。

（ガッティは、傷つけた手を振り上げてダヌンツィオの顔を叩こうとするが、相手はその手を掴《つか》んで笑う）

今のはお仕置きだよ。（ト彼女の手を調べる）なに、ほんのささいな傷だ。心配することはない。

ガッティ　行かせて下さい。

（ダヌンツィオ、彼女を放そうとはせずに、その手をさすり始める。ガッティ、ダヌンツィオに抵抗することを止め、突如大きな声で泣き始める）

ダヌンツィオ　そうさ、今のは君へのお仕置きさ、とっても、とっても優しいね。僕はね、最近のこっちに対する君の態度が気に入らなくてね。君の僕に対する態度の変わりようは、他の連中だって気付いている。ドゥーゼだってそのことは言っていた。君は自惚ればかり強い薄情な女だ。（ふざけながら）君は、この僕が一体誰だか知ってるのかい。えっ？　それに、君の存在にちゃんと気付くことで、僕が君にどれほど敬意を払っているか分かっているのかね。（ト掴んでいる娘の手を自分の唇に当てる）君は何て可愛いんだ！　そうやって泣いているところは取り分け素敵だよ。

ガッティ　行かせて！　お願いですから、わたしを行かせて下さい！

（だがガッティは、気持の上でダヌンツィオに抗うことを止めている）

ダヌンツィオ　こんな天気のいい日に、部屋にこもって手紙を書くなんて勿体ないよ。エレオノーラには電報を打つといい。一緒に郵便局まで行こう。……いいから黙って言うことを聞きなさい。僕はね、生意気を言ったり、相手が気にくわないからと云って無視したりする女と同様、こっちの言うことに素直に従わない女も嫌いなんだ。……いいから言うことをお聞き。さあ、ゴンドラが待たせてある、一緒に乗ろう。ドンドに行くんだ。

君は行ったことがあるのかい、あの古い宮殿にさ?

ガッティ　いいえ、まだ一度も。

ダヌンツィオ　そいつはいい。あそこの庭を散歩しよう。マリア・ルイーザがナポレオン失脚後、ご亭主の王様と愛人との間を通《かよ》ったって云う庭園だよ。あそこでピクニックといこうじゃないか。イタロの奴がちゃんと準備してくれているからね。シャンパンだってあるんだ。それからお昼を済ませた後は、そこの迷路園も訪ねてみよう。君、今までに迷路園の中に入ったことは?

(ガッティ、否と頭を振る)

そう、入ったことはない。じゃあ連れてってあげるから。そこで君は、僕のアリアドネになるんだ。分かったかい。

(ガッティ、返事をしない)

分かった?……どうしたんだい、何を心配しているのかね。明るい陽の光の中で、ゴンドラの船頭と君に付き添う召使と一緒に、孤独な大作家の相手をすることに、何か都合の悪いことでもあるのかね。君たち女の遠い祖先、ジョン・ウェブスターの『白魔』に出てくる淫婦ヴィットリアだって、不義の裁きを受ける際、そんなにびくつかなかったはずだ。……さあ、来たまえ!(ト彼女に手を差し出す)僕にそのイーゼルと絵具箱を渡すんだ。いや、怖がることはないったら。もうお仕置きはしないから。取り敢えず、そんなことはしないからさ。

（ガッティ、イーゼルを相手に渡す）

そう、それでいい。こういう嵩張《かさば》るものはゴンドラの中に置いておけばいい。でもこいつに触ることはまかりならんよ。これから訪ねる庭園は、君が胆汁の色たる緑の絵具で再現するにはあまりに美しいのさ。……さあ、来るんだ、こっちへ来なさい。一体何を躊躇《ためら》っているのかね。さあ、来るんだ！

（ガッティは最初いかにも気の進まぬ風に相手に随いて行くが、幕が下りるにつれてその足取りは軽くなってゆく）

七（第二幕第二場）

前場より十日後。ヴェニス。ホテル・ダニエリの居間。西日を防ぐのに鎧戸が締められている。ドゥーゼはフランスから帰国したばかり。部屋の至る所に、ドゥーゼのパリ公演の成功を祝って贈られた花。緊張を強いられた公演の後のこととて、ドゥーゼは面窶《おもやつれ》して以前より顔色が悪いが、それでもやはりその顔は充実感に充ちている。彼女と一緒に部屋にいるのは、イタロとシュールマンとアントンジーニ。

ドゥーゼ　こんなに、こんなに沢山の素晴らしいお花！……イタロ、鎧戸を開けて頂戴。その方がこのお花、活き活きと見えるから。

（イタロ、鎧戸を開ける）

まあ、なんて素敵だこと！

アントンジーニ　全イタリアが、貴女に敬意を表しています。

ドゥーゼ　（花に添えられた一枚のメッセージを読みながら）このお花、貴方が下さったのね。トム、貴方って本当に優しい方ね。これだけのお花、費用もさぞや嵩んだでしょうに。お志《こころざし》、心から感謝するわ。有難う。

イタロ　（テーブルの一つに近付き、その上の最も大きな花瓶を指さして）こちらの花は、私どもからでございます。（そのバラの一本に触れて）おお、花びらを濡らすアソーロの町の露《つゆ》は、まだほとんど乾いてはおりません。

ドゥーゼ　（そのバラの方に歩を進めて）なんて大きなバラだこと。……これで、ガブリエーレがこの場に一緒にいてくれたら、あの人の顔さえ見られたなら、どんなによかったことでしょう。旅の間私はずっと、ガブリエーレが駅まで迎えに来てくれているものとばかり思っていたの。……なのに、こちらの期待は大はずれ、がっかりだわ。

アントンジーニ　先生は議会を抜け出せなかったんですよ。なにしろ、下院じゃ初めての演説ですからね。でも直ぐに駆けつけますから、ご心配には及びません。

ドゥーゼ　私たち、駅で彼の汽車を待っていた方がよかったわね。

シューールマン　でも君の疲労の大きさを考えると……。トム、パリの今度の公演が、エレオノーラにとってどれほど体力を消耗するものだったか、君にゃ一寸想像もつかないだろうね。幕が降りれば、こっちは大役を務めた後だから当然一息つきたい。だが、実際は連日連夜、そう思う間もなく、ひっきりなしに次から次と楽屋に来客があるんだよ。

アントンジーニ　でも、それだけの値打はちゃんとあったじゃないですか。

シュールマン　彼女は今度のパリ公演で、自分のレパートリーを全部演《や》ってのけたのさ。見事と言うほかないね。こりゃあもう、ほとんど戦《いくさ》に勝ったようなものだよ。

ドゥーゼ　初日の夜ね、もちろん私、足の慄《ふる》えが止まらなかったわ。だって演るのがサラ・ベルナールの当たり役『椿姫』でしょう。その上、その日は一日中、声の調子が悪かったのよ。それにみんなは、私が楽屋で何分間もガタガタ身体を慄わせ、胃の中のものをいまにも戻しそうな気分でいるのに、傍で口々に、ベルナール先生が特別席で女王みたいに舞台をじっと見つめているって言うし。

シュールマン　あの夜観劇に訪れた社交界の貴顕・淑女の全員が、幕間に、サラの所に挨拶に出向いているように思えたものさ。何しろ舞台裏の人間にさえ、応対する彼女の笑い声が、小波《さざなみ》のように伝わって来るような気配なんだからね。

ドゥーゼ　それで、とうとう幕は上がったわ。と、私はそこに、あの大きな舞台に一人きり。観客は、早く私を引き裂いてしまおうと身構えていたわ。みんながこちらを見つめている。と、ベルナール先生が、ちょっとした仕草をしたの。前に身を乗り出すようにして、手摺《てすり》の天鵞絨《ビロード》のクッションに片肘ついたと思ったら、その掌にあの小さな顎をのせたのよ。

シュールマン　それは正《まさ》しく、サラが舞台に引き込まれてゆく姿そのものだった。

ドゥーゼ　でもそんな姿勢をとるのに、先生は咳払いをなさらなければいけなかった。そして「えへん」と咳《しわぶ》いたその刹那、彼女は手にしていた大きな駝鳥の羽の扇を力を込めてぴしゃりと畳んだのよ。

シュールマン　その途端、観客はすべて彼女の方を見上げた。

ドゥーゼ　一瞬にして場内の注目を自分の許に引き寄せるその見事な芸術的手腕。

シュールマン　そして幕が降りたとき、観客の喝采を先導すべく、席を立ったまま拍手を送るその佇《たたずまい》。

ドゥーゼ　私にしたら、あんなばつの悪い一時《ひととき》はなかったわ。

シュールマン　だが、我らのドゥーゼは萎縮しなかった。彼女は勝ったのさ。……トム、カーテンコールが終わった後、この二人の女優が楽屋で抱き合うところを君に見せたかったよ。それは、その性格から云って、互いの、相手に対する賞讃と愛情の大々的披露と云うよりは、好敵手《ライバル》同士の激突と云った感が強かった。

イタロ　（ドゥーゼに）申し訳ございません。もしお許し頂けますなら、私《わたくし》、主人の迎えに参りたいのでございますが。

ドゥーゼ　いいわよ、イタロ、構わないわ。あの人を、早く迎えに行ってあげて頂戴。大体貴方が、こんなところまで私のお供をすることはなかったのよ。駅に残ってくれてよかったの。

（イタロ退場）

（アントンジーニに）それで、ガブリエーレの様子は？

アントンジーニ　さっきも駅で同じ質問をなさいましたよ。

ドゥーゼ　（笑いながら）そうね、そうだった。うっかりしてたわ。でも、トム、もう少し彼のこと教えて。私ね、ガブリエーレがあんなに多くの中傷に晒《さら》されながら、それをものともせずに選挙に勝ってくれたことが嬉しくってならないのよ。

アントンジーニ　その選挙じゃ、貴女のことまで悪く言う連中がいたのご存知ですか？

ドゥーゼ　まあ、そんなことへっちゃらよ。誰が何を言ったって構うものですか。この私には、失うものなんて何もないもの。世間じゃ私のこと、身持ちの悪い女だって思ってるわ、ただのボヘミアンだってね。私は何ものでもない、ただの女優よ。これより低い身分もないでしょう。

アントンジーニ　莫迦を言っちゃいけない。貴女は今度このイタリアに凱旋してきたんですよ、女王としてね。

ドゥーゼ　……それで、ガブリエーレは元気にしてて？　執筆の方は？

アントンジーニ　新しい小説を書いていますよ。

ドゥーゼ　ええ、そうみたいね。彼、手紙で一度そんなことを言ってたわ。『炎の恋人』でしょう。でも私のお芝居は？　ガブリエーレは何時も私に、新作を書くって言ってくれてるの。でも、その戯曲、全然こっちに見せちゃくれないのよ。かといって、誰かにそれをあげた様子もないし。

シュールマン　そんな繰《く》り言なんぞ言うにゃ及ばない。今はひたすら、あいつが『死都』を君に渡さなかったことを有難く思っていればいいのさ。もう直それは、君に今ひとつの勝利をもたらすだろう。

ドゥーゼ　何が仰りたいの？

シュールマン　僕はサラがあの作品の舞台稽古をやっているのを見たんだが、あれは偉大なサラ・ベルナールの数少ない失敗作になるだろうさ。芝居に出る仲間の役者連中だって、あれは『死都』じゃなくって、『死ぬほど酷い都』だと言っているぐらいだからね。まあここはアタフタしないで、様子を見ていることだ。

ドゥーゼ　（怒って）私、ガブリエーレの失敗を代価に、ベルナール先生のしくじりを買おうなんて思わないわ。

シュールマン　あの男は本来劇作家じゃないっていう事実を、認めるべきだね。

ドゥーゼ　貴方には、彼の本当の才能が分からないのよ、ガブリエーレが、貴方がいいと思っているような類《たぐい》の作品を書こうとしないから。

シュールマン　（肩をすくめて）多分ね。

ドゥーゼ　貴方が私に直ぐ演らせようとするお上品で体裁のいいお芝居に、こちらがどれほど飽き飽きしているか、分かって下さったらね。そういう作品には、私ばかりじゃなくて、もう直観客もうんざりするわ。

シュールマン　仮に君の言うことが事実だとしてもだね、それだからって、今度はその観客の関心があの男の芝居に向くだろうかね。怪しいもんだ。まあ、そんなことは、いずれそのうち……

ドゥーゼ　（バルコニーに向かいつつ）ああ、彼、遅いわね、どうしたのかしら。

アントンジーニ　（腕時計を見ながら）遅いってことはないですよ。汽車の到着は二〇分前だもの。それに言うまでもないことですが、先生の場合、駅に着いたら着いたで……

ドゥーゼ　今度は私、長いお休暇《やすみ》を頂くわね。（ソファーの上に身を投げて）もうクタクタ。自分の中にあるものはみんな出し切っちゃって、もう何も残ってないわ、空っぽよ。……

ああ、このお花の匂いを嗅いでいると、頭が痛くなってくるわ。

アントンジーニ　だったらこれ、外に出しましょうか？

ドゥーゼ　そうね、トム、お願いするわ。……いえ、やっぱりダメよ。悪いけど、このままにしておいて。ガブリエーレに見せたいから。このお花を全部、彼に見てもらいたいの。……それに、あの人の贈ってくれたのは、中でも一番豪華だわ……。私ね、彼に話して、明日アルプスへ連れていってもらおうかと思っているの。あそこでなら、きっとこの咳も、熱もおさまるわ。

シュールマン　明日はダメだよ。忘れたのかね。我々は明後日《あさって》リハーサルをやることになっている。役者たちに、集合するよう声をかけてあるんだよ。フィレンツェで、一週間の公演だ……。それさえ済めば、秋まで予定はない。

ドゥーゼ　いや、いやよ。今は、これ以上舞台に立つことは無理だわ。少しは休養をとらないと。フィレンツェの公演は、中止ってことにして頂戴。

シュールマン　でも、エレオノーラ……

ドゥーゼ　（横柄に）中止って言っているでしょう。私は、自分の納得のゆく演技が出来なきゃ嫌《いや》なのよ。

シュールマン　君が病気ってことなら、公演中止の言い訳もたつ。けれど、舞台をほっぽらかしてあの男と一緒に旅行に出たなんてことが世間に知れたら……。とにかく予定の興行が出来ないなんてことになったら、向こうの興行主に、こっちは大変な額の弁償をしなけりゃならなくなる。ここに先方から届いた手紙があるんだが、切符はすべて売り切れているそうだ。……すでに一八〇〇〇リラの収益が上がっている。

ドゥーゼ　観客の人たちが私たちの舞台にそれだけのお金を出して下さったのは有難い限りだけど、でも貴方、同時にその方たちは、そうして多額のお金を支払うことで、良質のお芝居を観る権利を得たって風にはお考えにならないの？　私たちは、お客様に最高の舞台をお見せしなくちゃいけない、……でも、今の私は……

アントンジーニ　貴女はどんな条件の下でも一旦舞台に上がれば……

シュールマン　陛下のご姉妹《きょうだい》が、わざわざボンからお越しになるって話だよ、君を観たい一心でね。

ドゥーゼ　陛下の姉妹だろうと誰だろうと、要するに、お客様に変わりはないわ。私の舞台にそれほど興味がおありなら、また別の機会になさればいいのよ。

（アントンジーニとシュールマン、目配せする。シュールマン、がっかりしたように肩をすくめる）

私たちは自分の持ちものを、無限に他人《ひと》に与えることなど出来ないわ。持てるものが幾ら豊かだろうと、それには必ず限りがある。貴方、私を殺してしまうおつもり？　何なら私の額、触ってご覧なさい。すごい汗でしょう。私きっと、母と同じように結核で死ぬんだわ。

（イタロ走って登場）

イタロ　ああ、私はバラの薫りを運ぶ微風《そよかぜ》！

（ドゥーゼ立ち上がり、アントンジーニとシュールマン、笑いながら扉の方へ向かう。サマースーツ姿のダヌンツィオ、手に帽子を持って登場。室内に入るなり、その帽子を花々の間に投げる）

ドゥーゼ　まあ、ガブリエーレ！

ダヌンツィオ　ああ、僕の愛しいエレオノーラ、会いたかったよ！（二人抱き合う）……ジョーズ（シュールマンのこと）久しぶりだね。トム、元気だったかい。……（ドゥーゼに）顔色がよくないね、それに、随分やせたみたいだ。医者に診せた方がよくはないのかね。

ドゥーゼ　大丈夫、なんでもないわ。こういうこと、昔からたまにあるのよ。もうこっちへ帰ってきたんだから、心配いらないわ。一寸《ちょっと》頭痛がするだけ。でも、貴方がこうして私の傍に戻ってきて下さったからには――

ダヌンツィオ　どうやら君の頭痛のタネは、パリでその頭《かしら》に戴いた月桂冠の重さにあるようだね。完璧な勝利だ！

ドゥーゼ　貴方こそ、選挙で大きな勝利を手になさったわ。

ダヌンツィオ　君の勝利の大きさとは比較にならないよ。こっちは田舎町で六十五の年寄り薬剤師を負かしただけだが、君はパリの都であのサラ・ベルナールに打ち勝ったんだからね。

ドゥーゼ　私、別に競演会《コンテスト》をやったわけじゃなくってよ。これまでずっと言ってたでしょう、ベルナール先生と張り合う気持なんか全然ないって。

シュールマン　君にその気がなくたって、先方にはかなりの競争心があったさ。……さて、僕はそろそろ引き上げて旅装を解くとしよう。君たちも水入らずといきたいだろう。

ダヌンツィオ　トム、今夜一緒に夕食はどうかね。ロビーで八時に待ち合わせってことで。開店したての素敵なレストランを見つけたのさ。

アントンジーニ　じゃあ、ご好意に甘えて。

ダヌンツィオ　ジョーズ、君も一緒にどうだい。あのガッティのお嬢さまにも来るよう声をかけてあるんだ。（ドゥーゼに）あの娘《こ》を招《よ》んでも構わないだろう。彼女には一寸償いをと思ってね。なにしろ、何時も厳しいことを言っているから。

ドゥーゼ　エンマと会えるなんて嬉しいわ。あの娘には、ちょっとしたお土産があるのよ。

アントンジーニ　じゃあ八時に一階《した》のロビーで。今度の国会演説の話、楽しみにしていますから。

ダヌンツィオ　（シュールマンとアントンジーニを戸口まで見送りながら）ありゃあちょっとした見物だったよ。場内には拍手喝采が沸き起こってね。左翼の奴等は僕の弁舌でタジタジだった。まあ、そのことについちゃ、飯を食いながらゆっくり聞かせてやるよ。

（アントンジーニとシュールマン退場。ダヌンツィオ、ドゥーゼの方に向き直る）ああ、やっと二人きりになれたね。（ドゥーゼの方に寄って）君に会えない間、僕がどれほど嫉妬に苦しんだか分かるかい。

ドゥーゼ　嫉妬ですって？

ダヌンツィオ　僕は新聞で、君のパリの取り巻き連のことを全部読んだよ。あの老優のコクランは、フランス語での君との共演を果たすまで死ねないと言ったそうだし、作家のサルドゥーとデューマは君の好意を争ったそうじゃないか。

ドゥーゼ　莫迦々々しい。……それで、貴方の方は？

ダヌンツィオ　僕かい？――僕には辛い執筆活動と、選挙運動あるのみだよ。

ドゥーセ　ホントかしら。

ダヌンツィオ　いいかい、本気で選挙に勝つつもりなら、どんな些細《ささい》な醜聞《スキャンダル》も命取りになる。

ドゥーゼ　でも相手は、形振《なりふ》り構わず、貴方の誹謗記事を流したそうね。

ダヌンツィオ　そんなもの、今さら誰が構うものか。嘘、嘘、嘘、奴等の言うことなんて、みんな嘘っぱちさ。ねえ、試しに今日の新聞を開いてご覧よ。そこにゃ、僕がフィレンツェのホテル・エクセシオールで債権者に取り囲まれて身動きできないでいるだの、ジェノバで現閣僚の奥さんと密会しているところが目撃されただの、年老いたアメリカの大富豪の醜女《しこめ》の未亡人とアドリア海でヨットに乗っていただのという与太記事が躍っていることだろうさ。

ドゥーゼ　それで、演説の方、思ったように旨くいったの?

ダヌンツィオ　ああ、勿論さ。資本主義的な価値観をどこまでも擁護すると同時に、我々イタリア人は、過去の偉大な栄光に相応しい民族にならなければならないと、諄々《じゅんじゅん》と説いたのさ。僕は言ってやった、この人間社会というものは、その成員の各々が、「これらの品物は私のものだ。自分が額に汗して手に入れたものだ。その品々と共にあるとき私は人生に喜びを覚える。よって私は他者の収奪よりそれを死守する」と声をあげて初めて成熟をみるってね。それから、こう言葉をつづけたのさ、我々人間は、ありふれた、為すことの易い仕事で他人《ひと》と交わることが多ければ多いほど、その品位を保つことは難《かた》くなる、そうした仕事においては、苦悩も闘争も存在しないからである、てね。（急に話を止める）ああ、政治の話で君を退屈させちゃったね。

（ダヌンツィオ、ドゥーゼの唇に口づける。それから身体を離して相手を凝視する）

ドゥーゼ　何故、そんな風に私をご覧になるの？

ダヌンツィオ　何故ってそりゃあ、今の君がもっとよく見たいからさ。

ドゥーゼ　私、そんなに変わってしまった？　白髪が多くなったでしょう。

（ドゥーゼ、突然ダヌンツィオをわが胸に抱きしめる）

この感じ、なんて言ったらいいのかしら？　こうしていると、幼い昔を思い出すわ。私、今でもはっきり覚えているけれど、少女の頃、シエナの町の外れの原っぱを独りで歩いて越えようとしていたとき、突然、小雨の降る夜なんかによく墓地や湿地に燃え出る、あの青い狐火にこの身を包まれたことがあるの。貴方とこうしていると、まるであの青白い幾条《いくすじ》もの燐光に抱《いだ》かれているみたいだわ。今度のパリ公演についちゃ、皆口々に大成功だったといってくれる。でもあの都市《まち》にいる間、私が喜びを、本当の喜びを覚えたことはただの一度もなかったわ。パリで貴方とお別れしてからというもの、私、何か暗い闇の中に独りで入って行くような気がしたの。私たちに、もう二度と本当の幸福《しあわせ》は訪れないって気がしたのよ。でも、今私の傍には貴方がいてくれる……。私はとても運の強い女だわ。

ダヌンツィオ　それにしても、こりゃあ大変な数の花だね。

ドゥーゼ　こんなに沢山は要らないわ。匂いのせいで頭が痛くなってしまって。いえ、貴方のお花は別よ。私まだ、貴方にこのお花のお礼、言ってなかったわね。こんなに大きな花束、……とっても美しいわ。でも他のものはもう結構。貴方の贈って下さったものだけ残して、あとはみんな別のお部屋に移すよう、イタロに話そうと思っているの。彼まだこっちにいるかしら。

ダヌンツィオ　ああ、いるともさ。……僕の荷物、中の幾分かは自宅《うち》の方に送ったんだが、残りはみんなこっちにある。夜はこのホテルで君と一緒にと思っていたからさ。いいだろう。

ドゥーゼ　まあ、本当、ああ、嬉しいわ、ガブリエーレ。私はもう、貴方以外の誰も愛せないの。このこと、よく覚えておいてね。（立ち上がって、ベルを鳴らす）

ダヌンツィオ　とにかく汗を流してこないと。何しろここにゃ、旅の出立ちのままで来たからね。この身は垢や埃でいっぱいだ。……ふむ、この部屋は、ホントに葬儀場みたいな匂いがするね。

（イタロ登場）

イタロ、エレオノーラが、ここの花、僕のやつだけ残して、残りはみんな広間の方に移して欲しいそうだ。それから、旅の荷物はどうなってる？

イタロ　それでしたら先ほど解いて、中身は全部取り出してございます。ですが、お召物はほとんどすべて、洗濯かアイロンかけが必用かと存じます。

ダヌンツィオ　それでお前は、ローマまで僕の供をすることを承知せず、休暇を申し出たのだね。（ドゥーゼに）……それじゃあ、一寸用事があるから、そいつを先に片づけてくるよ。

（ダヌンツィオ、出てゆく。イタロ、広間に花瓶入りの花を移しながら、ドゥーゼに話しかける）

イタロ　今のローマ行きの話が出ました時ね、私が休暇を願い出ましたところ、先生はなんて仰ったと思われます？「休暇が欲しいだって？　そりゃあ一体どういう意味だい。お前の人生なんて、もともとみんな休暇みたいなもんじゃないかね」とこうなんでございますよ。

ドゥーゼ　まあ、そんな酷いことを！　あの人のために、こんなによくお尽くしになっているというのに。

イタロ　思いやりの欠如は天才の然《しか》らしめるところである、と先生はよく私にお話に。それに、私は先生ほど自分の仕事に熱を入れているとは申せません。ですが、どれほど一所懸命にお仕事をなさっても、先生は奴等と縁をお切りになることが出来ないようにお見受け致します。そうじゃございませんか。

ドゥーゼ　縁を切るって、誰と？

イタロ　貴女様は、先生の許に押しかける債権者のことをお聞き及びでございましょう。その者たちはただ今、先生のフランカヴィッラのお邸とそこの家具を競売にかけているのでございますよ。この主人《あるじ》の一大事、私だって愛用の自転車を質入れしようかとも一時は考えました。まあ、所詮水鉄砲で火事は消せぬと諦めましたんですが……。さあ、お花は一応動かしましてございます。これで如何でございましょう。匂いの方、少しはマシになるかと存じますが。（広間に通じるドアを開けたままにして）さて、鎧戸はこのまま開けておおきになりますか、それとも、お締め致しましょうか？

ドゥーゼ　イタロ、鎧戸は全部締めて頂戴。一寸寝《やす》みたいから。

（ガッティ、小さな菫《すみれ》の花束を手に戸口に現れる。室内に入るのを躊躇っている）

まあ、エンマじゃない。よくいらしたわ、お入りなさい。

（二人、キスを交わす。だが奇妙なほど娘はオドオドしている）

イタロ　それでは私はこれにて失礼を。

（イタロ退場）

ガッティ　このお部屋の立派なお花に比べたら、余りに粗末でお恥ずかしいんですけれど。

（ト菫の花束をドゥーゼに渡す）

ドゥーゼ　まあ、なんて可愛らしいお花だこと。有難う、感謝するわ。（自分の周囲を見渡して）このお花、一体どこへ置いたらいいかしら。早くお水をあげないと、萎れちゃうわ。……そうね、取り敢えず、ガブリエーレのバラと一緒にしておきましょう。（トダヌンツィオの贈った花の活けてある花瓶の中に、くだんの菫を入れる）エンマ、貴女も大変だったわね。お母様のこと、さぞお心落しでしょうね。ご同情申し上げるわ。

ガッティ　その節は、わざわざお手紙有難うございました。とってもお忙しい時にあんなにお心のこもったお便りを下さるなんて。なのにわたし、お返事も差し上げないで……

ドゥーゼ　でも素敵な電報頂いたわ。

ガッティ　あれ、お読み下さいまして？　ガブリエーレ先生は、先生があんなものなどお読み下さるわけがないって……

ドゥーゼ　まあ、もちろん拝見したわ。（笑いながら）私は彼とは違うわよ。どんな方から頂戴したものでも、私宛の便りには必ず目を通すわ。もっとも私の場合、ガブリエーレみたいに、ありとある方面からの手紙が洪水のように押し寄せる、ってことはないけれどね……さあ、こっちへ来てお坐りなさい。……いえ、このソファーの方よ。（トそのソファーを軽く叩く）さあ、いらっしゃい、私の傍に坐るの。

（ガッテイ、ドゥーゼの傍へ来て腰を下ろす）

ガッティ　いよいよ本格的な夏の到来ですわね。ここへ伺うときも運河の悪臭がひどくって。

ドゥーゼ　夏のヴェニスは、私の身体には向いてないわ。貴女のお顔の色もよくないことよ。私たち、この町に長居は禁物ね。私、持病がまた出てきてるのよ。みんなには、一刻も早くアルプスのような空気の澄んだ所へ出かけた方がいいって言われているの。

ガッティ　持病って、まさかそんな深刻な……

ドゥーゼ　私はこの四十年間、自分の持病と闘ってきたの。これから先の四十年も、同じ闘いをつづけることになるでしょうね。……私、シュールマンにね、今度のフィレンツェの公演、中止にして欲しいって話してあるの。もしそれが無理なようなら、私、貴女に代役をやって頂きたいと思っているんだけど、いかが……

ガッティ　まあ、でも……

ドゥーゼ　貴女には絶好の機会になるはずだわ、私への気兼ねなしに劇団のプリマドンナを務めることはね。そうは思わない？……もっとも、私みたいに、静養もなしでは舞台に立てないと仰るなら話は別だけど……

ガッティ　実はわたし、先生にお話ししたいことが……。わたし、あの、お芝居をつづけてゆくことが出来なくなりました。

ドゥーゼ　お芝居がつづけられない、ですって？

ガッティ　母が亡くなってしまったからには、わたしが父の傍について、身のまわりの世話をしなきゃいけないかと……。父もそれを望んでいるようですの。今では、独りぼっちで話相手もおりませんから。

ドゥーゼ　でも貴女にはご姉弟《きょうだい》だっていらっしゃるし……。それで、お実家《うち》には何時お帰りになるつもり？……

ガッティ　出来れば今すぐにでも。早いほうがいいと思います。

ドゥーゼ　フィレンツェの舞台に立てるのよ。それを諦めるおつもり？

ガッティ　（不本意そうに）仕方ありませんわ。

ドゥーゼ　理解できないわね、こんな又とない機会を逃すなんて。……ねえ、エンマ、貴女には本当の才能があるのよ。貴女に演《や》れない役はないわ。何でもこなせるのよ。請け合ってもいいけれど、貴女には、リストーリの持つ華やかさと気品があるわ。ボーイトがそれに気付いたの。あの人がそう言うのを聞いて、私、なるほどと思ったわ。貴女、そんな掛け替えのない才能を、どうして捨てようとするの。お実家《うち》には沢山の方がいらっしゃるはずよ。お姉様だって弟さんだって、どうしてその方たちはお父様の面倒が見て差し上げられないの。どうして貴女だけが、自分の夢を諦めてまでお世話をしなくちゃいけないの。ご姉弟《きょうだい》に障《さわり》があるなら、お父様のお世話になっているご親戚の方だってしていらっしゃるじゃないの。……エンマ、悪いこと言わないから考え直しなさい！
ガッティ　いいえ、実家《うち》に戻りませんと。
ドゥーゼ　（相手を見つめながら）貴女、何か私に隠しているわね。違う？
（ガッティ、ドゥーゼの顔が正視できない）
一体何があったの？　お父様のことじゃないわね。理由《わけ》は他にある。……まあ、エンマ、私、私のことが原因なの？　ご承知のとおり、そりゃあ私は、自分の役柄については我儘《わがまま》だわ。それは自分でもよく分かっている。でもね、結局女優って、そういう風にしか生きられないものなのよ。……こちらのことで貴女が不満に思っていることって、多分それだけじゃないわね。舞台のことについちゃ、時々私、貴女に度を超して厳しいことを言っているかも知れない。でもそれは、貴女に対するこちらの要求が高いからよ。他の娘《ひと》に対してだったら、貴女に向かって言ってるようなことは言わないわ。所詮二流の役者にしかなれない人間に、そんなことを言っても始まらないもの。
ガッティ　い、いいえ、違います。先生のことが原因じゃありません。先生はいつもわたしに優しくして下さいました。わたしのこと、先生みたいに気にかけて下さった方は他におりませんわ。わたしが皆様にお暇《いとま》を告げなきゃならないのは、今も申し上げたように、父が……

（ドゥーゼ、突然ガッティの腕をつかむ）

ドゥーゼ　ガブリエーレね。あの人が何かしたんでしょう。そうでしょう。違う？　原因はガブリエーレなのね。それで、それで全部合点がいったわ。やっぱりそうだったのね。

ガッティ　（狼狽して）ガブリエーレ先生が何か仰ってますの？　あの方がまさか先生に……

ドゥーゼ　私が傍を離れた途端に、貴女はそんなことを。よりによってガブリエーレなんかと。貴女は若くって、とっても美しい。それに財産だって――。そんな貴女が、何故彼なんかに近付いたりしたの。相手なら、他にもっと相応しい人がいたはずよ。

ガッティ　わたしの方から、求めたんじゃありません。それは違います。

ドゥーゼ　パリにいるときから、私には、私にはみんな分かっていたの。あの人の、嘘で固めた手紙……。貴女、私が貴女にしてあげたこと、分かっているの？　私は貴女の演技力を、五年、十年、いえ十五年早く進歩させてあげたのよ。今の貴女が女優として身につけたことは、みんな私が教えてあげたことなのよ。私はすべてを、私がこれまで、野外劇場や、教会堂や、町の広場に自分たちでこさえた出来の悪い仮設舞台で学んできたことのすべてを、貴女に教えてあげたのよ。貴女に一日も早く立派な女優になって欲しい一心で。演技のことだけじゃないわ、これまでの舞台生活の中で経験したすべてのこと、――絶え間ない巡業のことや私の死んだ子供のこと、それに結婚せずに別れてしまった男のことも、全部貴女のためを思って包み隠さず話してあげたのに、そのお返しが、そのお返しが、こういうことなの！
ガッティ　先生から受けたご恩は、わたし、わたし、決して忘れちゃいません。心から、心から感謝しています。
ドゥーゼ　貴女、ガブリエーレにどんなことを言われたの？　あの人と、寝たの？
（ガッティ、口を噤《つぐ》んだまま）
そんなこと、訊くまでもないことね。貴女方が友達のままでいられたら奇跡よね。
ガッティ　わたしを行かせて下さい。行かせて、行かせて下さい。二度とここへは戻ってきません！
ドゥーゼ　（突然声を和らげ、涙ぐんだ娘の肩に手を置きながら）ご免なさい。分かっているのよ。貴女に罪はないわ。責めたりして悪かったわ。貴女に、あの人の誘惑《さそい》をかわす術《すべ》はないもの。
ガッティ　でも、でもわたし、誓って言いますけれど、なんとかそういう事態《こと》だけは避けようと、懸命に……
ドゥーゼ　分かっているわ。彼の我儘についちゃ、私たち、いつも苦労させられるのよ。もう気にしないで。問題は、貴女の今後のことね。それをどうするか、ここは真剣に考えないと。

ガッティ　わたしにお暇を下さい。万事はそれで決着です。わたしに望みなんか、もう他にはありません。

ドゥーゼ　（疲れて辛そうに）でも彼のことがね。ガブリエーレは簡単に、貴女を諦めやしないわよ。

ガッティ　分かって下さい。わたし、先生にこれ以上ご迷惑はおかけできないんです。ガブリエーレ先生を受け入れるようなことは、わたし、二度としませんから。

ドゥーゼ　（苦しそうに）ええ、貴女のことは信じていてよ。……さあ、もう泣かないの。（ドレスのベルトに挟んでいたハンカチを取り出し、それでガッティの涙を拭く）

私もそうだけど、貴女、普通の女優さんと違って、素顔を大切にする人でよかったわ。

ガッティ　お化粧なんて、父が許しちゃくれませんでしたから。

ドゥーゼ　それに、私と違ってもっと恵まれてるのは、お化粧が全く要らないくらいその素顔が素敵なこと。（相手の手を軽く拍《たた》きながら）いいから、くよくよするのはもうお止しなさい。心配は要らないわ。取り敢えず、今はここにいない方がいいわね。いつ彼が戻らないとも限らないから。あの人には、当分の間、何も話してはダメよ。（ガッティの額に接吻する）ご存知のとおり、私には一人娘がいるの。彼女は今、とってもお金のかかる、スイスのさる私立学校に入っているんだけれど、母親としては、あの子のクラスメートに、私が女優だってこと、しかも浮名ばかり流している女だってことを知られたくないの。娘も同じ気持だと思うわ。彼女はとっても素直な子よ。信心深くって。私たち、お互いをよく理解し合っている母娘《おやこ》だと思っているけれど、それでも、娘に会いに行って、ジュネーブ湖なんか二人で散歩しているとね、私、なんだか他人《よそ》のお家《うち》のお嬢さんといるような気がしてくるのよ。でも貴女にはね、エンマ、娘に感じるようなよそよそしさは露ほども感じない。貴女には、わが子に対してよりも、ずっとずっと親近感を感じるのよ。似たもの同士なのよ、私たち。分かるでしょう。

ガッティ （ドゥーゼの肩に顔をうずめて泣きながら）わたしは罪深い女です。どうかお許し下さい。

ドゥーゼ ほら、ほら、もう泣かないの……。泣いちゃいけないったら！……素敵な菫のお花、有難う。さあ、行きましょう。

（ドゥーゼが娘の肩を抱くようにして、二人、扉の方へ歩き始める）

あら私ったら、まだ貴女にお土産渡していなかったわね。一寸待っててね。取ってくるから。

（ダヌンツィオ、パッと扉を開けて入ってくる）

ダヌンツィオ　シュールマンから聞いたんだが、君、フィレンツェの公演、取り止めにしたいんだって？　そりゃあ一体どういうことだい。僕たちには、公演料をふいにしてもいいような、そんな金銭的な余裕はないんだよ。……おや、エンマじゃないか。来ていたのかい。

ガッティ　お邪魔しております。

ドゥーゼ　今、この娘《こ》にパリのお土産をと思ったものだから。

（ドゥーゼ、別室に入る）

ダヌンツィオ　（半開きのドア越しにドゥーゼに向かって）僕たちの劇場を建てるつもりなら、どんなことをしたってお金の工面をしなくちゃいけない。公演なんて、たかが一週間じゃないか。それぐらいの舞台をつとめるのが、一体どうだって云うんだい。それさえ済めば、僕たちは、君の好きなどんな土地へだって行けるんだ。少しはシュールマンの身にもなってみろよ。君の我儘のお蔭で、あいつはすっかり途方に暮れている。まあ一応僕が慰めておいたけれどね、エレオノーラは目下疲れ果てている、そういう状態の時、彼女は何事によらず、心にもないことを口走ったりするってね。

（ダヌンツィオ、このように話しつつ、片方の手を伸ばしてそれをガッティの頸にまわすと、彼女に微笑みかけながら、そこを優しく愛撫する。ガッティ、ダヌンツィオの手の動きを感じるや、顔をそむけ、魔法

にかけられていると同時に嘔吐を催してでもいるかのように、身動きせずにじっとしている）

ドゥーゼ　（別室から姿を見せて）はい、これ。お土産って云うほどのものじゃないけど、あちらの悲劇女優レイチェルが着けていたって話よ。本当かどうかははっきりしないけど。

（トガッティのドレスの前の部分に、手にしていたブローチを留め始める）

ガッティ　まあ素敵なブローチ！

ダヌンツィオ　オパールじゃないか！　縁起の悪い宝石《いし》じゃないのかね。

ドゥーゼ　十日生まれの人なら問題ないわ。

ダヌンツィオ　彼女は十日生まれなのかい？

ドゥーゼ　勿論そうよ。この娘《こ》の誕生日のお祝いにパーティを開くって話、お忘れになって？

ダヌンツィオ　君は何でも覚えているんだね。

ガッティ　お心遣い、本当に感謝致しますわ。（ト衝動的にドゥーゼの手を取り、口づける）

ダヌンツィオ　僕たち、君と一緒に夕食を摂るつもりにしているから、一緒に来てくれるね。

（ガッティ、返事をせず、扉の方へ進む）

八時頃ね。

ドゥーゼ　エンマ、じゃあまたね……。元気をお出しなさい、何も心配しなくていいから。

（ガッテイ、無言で部屋を立ち去る）

エンマ！

ダヌンツィオ　彼女、一体どうしたって云うんだね？

ドゥーゼ　ご存知ないの？

（ダヌンツィオ、ドゥーゼの言葉を無視する）

ダヌンツィオ　彼女は、大女優の醸す雰囲気に浸って堪能《たんのう》したとみえるね。

ドゥーゼ　あの娘が堪能したのは当然のことよ。だって文豪のダヌンツィオ先生とベッドを共にしたいと思っている女のすべてが、その望みを叶えられるとは限りませんからね。

ダヌンツィオ　あの娘は君に、一体何を喋ったのかね。

ドゥーゼ　お訊きになるまでもないでしょう。

ダヌンツィオ　あの小娘め、僕と自分ができているって顔をしたんだな。

ドゥーゼ　ガブリエーレ、貴方、しらばっくれるおつもりなら、もう少し上手になさったら。

ダヌンツィオ　でも、エレオノーラ、信じてくれよ、――これはあの娘の腹癒《はらいせ》だよ。

ドゥーゼ　往生際が悪いわね。

ダヌンツィオ　僕はね、あの娘に会った途端すぐに分かったんだ、彼女には二つ大きな企《たくらみ》があるってね。その一つは勿論、君からその女優としての地位を奪うことだ。そしてもう一つは、やはり君から、恋人である僕を取り上げることだ。そして彼女は、こちらがその魂胆を見抜いているってことを知っていた。だから僕は、あの娘に対する敵意を隠さなかったってわけさ。分かるかね。（トドゥーゼの傍により、その手を取ろうとする）エレオノーラ、お願いだ、信じておくれよ。君がパリに発って直ぐ、確かその翌日、彼女は下らない口実を設けて僕の自宅にやって来た。君のパリの滞在先の住所が知りたいと言ってね。その後も、もうほとんど毎日のように、彼女はこちらに言い寄って来たものさ。これにはもう辟易したよ。でもあの娘がどんな態度に出たって、僕は何もしなかった。手出しなんか金輪際しちゃいないよ。嘘だと思うなら、イタロに訊いてご覧よ。

ドゥーゼ　イタロですって？　あの人なんか、ただの貴方の操り人形じゃないの。……ねえ、ガブリエーレ、私、この帰国を、そりゃあ楽しみにしていたのよ。それなのに……

ダヌンツィオ　あのねえ君、男と女のこの程度の出来事が、一体どうしたっていうのさ。パリにいる間、君は一人の男にも優しい笑顔を見せなかったとでも云うのかね。

ドゥーゼ　よくもそんなことが言えたものね。

ダヌンツィオ　あの娘とのことは、君がいなくて寂しかったからだよ。君のことが好きで好きで、そんな君に会えないのが辛かったせいさ。

ドゥーゼ　私がさっき、ブローチを手にこの部屋に戻ってきたとき、貴方がた二人はそこにいて、――あの娘はそりゃあオドオドして、身体中に羞恥心がみなぎっていたわ。いいえ、それだけじゃない、彼女は、貴方のことを嫌悪してた、今の私と同じようにね。でも、でもあの娘は、そんな貴方を愛している。懸命に別れようとはしているけれど、哀しいかな、心の奥じゃ、貴方への思いが断ち切れないでいる。

ダヌンツィオ　何を下らない！

ドゥーゼ　いいえ、あの娘の気持なら、底の底まで分かるわ。

ダヌンツィオ　僕は彼女になんか、絶対心を奪われちゃいない。誓ってもいい、あんな気取り屋の、物分かりが悪くって性格のひねくれた小娘なんか、真っ平ご免だよ。

ドゥーゼ　貴方が心から愛する人間なんていやしないわ。そんな人、これからだって出てきやしないでしょう。私はそのことをもっと早く悟るべきだったわ。貴方の可哀想な奥様やお子たちや、――それからあのマリアさんや他の、他の何百という人間に対する貴方の態度を見れば、そんなことはとっくに分かったはずなのに。

ダヌンツィオ　それじゃあ言うが、君の子供は、亭主は、ベルガはどうなんだい。アンドーやボーイトのことはどうなるんだよ。君だって自分のために、これまで随分と多くの人間を傷つけている。エレオノーラ、善人ぶるのも大概にしろよ。僕がこういったら、君がどう応えるかは分かっている。それとこれとは話が違う、そう言いたいんだろう。でも、君の遣口《やりくち》と僕の遣口の、一体どこが違うというのかね。違いがあるというのなら、そこのところをちゃんと説明してもらおうじゃないか。（ドゥーゼの方に寄りながら）君は自分の本性としっかり向き合う必要がある。僕たちは双方とも、とてつもない性欲のかたまりなんだ。男は、君の生と芸術のための必需品だ、丁度僕にとって女というものが、己れの人生と文学のために欠くべからざるものであるようにね。僕はそのことを率直に認めている。誰にも隠しだてなどしやしない。ところが君は、万事に控え目であることを心得、気品の高さや身持ちの堅さを世間に印象付けなきゃならなかった。僕たちがあそこで（ト寝室を指さす）していることは全部包み隠してね。君が体調の悪さを理由に舞台に立ちたがらないのは、肺の弱さが原因じゃなくて、夜のいとなみの激しさがその理由じゃないか。そういう紛れもない事実を、醜悪きわまりない、理想主義者めいた偽善的な言葉でもって包み隠しているんだよ、君って人間は。そうさ、僕は君に、とっても残酷なことを言っている。僕はね、大気と火より創られた、神のごとき女優エレオノーラ・ドゥーゼっていう神話にもううんざりなのさ。僕は君のことを、まるでこの世のものじゃないみたいに崇めて喜んでいる世間の奴に、この女王様が夜中に何度となくこっちを起こして何を求めてきたかってことや、日暮れに乗ったゴンドラの中で僕と何をしていたかってことを、ぶちまけてやりたいね。

ドゥーゼ　（半狂乱の態で）お黙り、お黙りなさい！

（ダヌンツィオ、笑いながら窓辺により、窓を閉める）

ダヌンツィオ　そんなに大きな声をたてちゃ、下の運河を行く連中に聞こえちまうよ。

ドゥーゼ　どうして私のこと、分かって下さらないの。

ダヌンツィオ　君よりは、大分分かっているつもりだけどね。

ドゥーゼ　私は本気で貴方のことを思ってきた。私が今までどれほど貴方のことを愛してきたか。でも、そういう私を、貴方は利用した。それが全てだわ。

ダヌンツィオ　それじゃあ訊くが、君は僕を利用してこなかったのかね。君と会ってからというもの、実質的に僕は書くことが出来なくなっている。

ドゥーゼ　私、貴方の執筆に干渉したことなんて一度もないわ。あるのは激励したことだけよ。

ダヌンツィオ　だけど君は、僕のそばから離れようとはしなかった。君には分からないのかい、書くってことは、最も密度の濃い恋愛をするってことと同じなんだ。けれどモノを書こうとすると、君はいつもその間に入ってこようとする。

ドゥーゼ　以前《まえ》にも貴方、同じことを仰ったわ。貴方の出来る恋愛《おんな》はただ一つだけ。貴方にあるのは仕事への愛だけよ。その愛は、ご自身に対してよりも強い。自らのうちに破壊的な力を秘めているその愛は、貴方の存在自体よりも強いのだわ。そして貴方は、その愛のために、全てを犠牲にしてしまうのよ。

ダヌンツィオ　（あっさりと）その通りさ。君の今の言葉を、僕は否定するつもりはない。

ドゥーゼ　私は貴方のお仕事、芸術にそれは敬意を抱《いだ》いてきたから、貴方にも少しは私の仕事を認めて欲しいと思ったの。でも、そうはならなかった。貴方はご自分のことしかお考えになれない、利己主義者の最たるものよ！

ダヌンツィオ　エレオノーラ、そう言う言い方はよした方がいい。僕もそうだが、君にしたって、こっちに負けないぐらい極端な利己主義者だ。またそうでなきゃ、とても大女優になんかなってやしないよ。（いかにも冷酷に）こんなことで大騒ぎするのは、もう止めにしようじゃないか。これ以上今のような話を続けていたって、埒《らち》は明きゃしないよ。僕たちは二人とも、時に他人《ひと》の存在を踏みにじって生きる生き物なのさ。そのことを認めないでおいて、他のことをあれこれ言うのは莫迦げているし、そんなの偽善以外の何ものでもない。でも僕たちは、他の誰も与えることの出来ないものを、互いに与え合うことが出来るんだ。丁度今という時期に、一人のダヌンツィオは彼のドゥーゼを必要とし、それと同時に、一人のドゥーゼは彼女のダヌンツィオを必要とするのさ。簡単な話だよ。

（ダヌンツィオ、無理にドゥーゼを抱きしめようとするが、相手はその腕を振り払って彼から逃れようとする。が、ダヌンツィオは彼女の腕をつかみ、それを背後からねじ上げようとする）

坐れよ、エレオノーラ、冷静になるんだ。坐れったら！（ト強引にドゥーゼをソファーに坐らせ、その腕にドゥーゼを抱こうとする。ドゥーゼは言いなりにならず、二人もみ合いになる）

ドゥーゼ （彼からやっとのことで身体を離して）乱暴な方ね……獣《けだもの》みたい……

ダヌンツィオ 唇から血が出ている、悪いのは君だよ、僕じゃない。

ドゥーゼ 私、初めて貴方に抱かれたとき、自分が詩そのものの恋人になったんだって、そんな気がしたわ。そして、貴方が出す詩集を一冊二リラで買い続けてさえいれば、いつまでも、芸術の恋人でいられると思ってた。そう、悪いのは私よ。私が真実に目を閉ざしていたのがいけなかったんだわ。私は自分に言い続けてきたの、「まだもう少しあの人は私のことを綺麗だと思ってくれる、まだもう少し私のことを欲しがりつづけてくれる」ってね。もっと現実を直視すべきだったわ！

ダヌンツィオ それは自己卑下が過ぎるというものさ。もちろん、僕は今でも君が綺麗だと思っている。もちろん君が欲しいと思っている。僕が色好みで、これまであちこちの女に手を出してきたのは事実だが、本気で付き合ったのは君一人だよ。それ以外はみんな気の迷いさ。そういうことだよ。

（再びドゥーゼを腕に抱こうとする）

ドゥーゼ　駄目よ、駄目だったら。もう、そんなことはなさらないで。私は二度と昔の自分には戻れない。気持に嘘はつけないわ。私の中に、もう貴方を敬う気持は残ってないの、一欠片《ひとかけら》もね。

ダヌンツィオ　僕に愛想尽かしをしているのなら、なんでこっちに抱かれつづけたのさ。

ドゥーゼ　貴方の中の獣のような欲望に屈しただけよ。それだけのことよ。（ト立ち上がって両手で頭をつかむ）私もこれからは分別を、もっと思慮分別を働かせなきゃね。

ダヌンツィオ　分別なんか働かせてどうするのさ。あれこれ難しいことを考える必要なんてありゃしない。感じること、エレオノーラ、大切なのは感じることなんだ。それより他、大切なことなんてないんだよ。今、僕が君を傷つけたことはよく分かっている。（ドゥーゼに合わせるように立ち上がって）でも、この償いはきっとするから。うそは言わないよ。僕はこれまでにも幾度となく君を傷つけてきた。けれどその度ごとに、その埋め合わせはしてきたつもりだ。そうだろう。（ト彼がねじった方のドゥーゼの手を取り、催眠術でもかけるように、それを優しくなでつける）

自分の大切な女《ひと》を乱暴に扱うことなんか、本当はしたくなかったんだ。

（ドゥーゼは、ほとんど彼の言葉に説き伏せられそうになるが、突如怒りを露《あらわ》にして、相手から身を引き離

す）

ドゥーゼ　そんなことを仰っても、もう遅すぎるわ。（ダヌンツィオの傍から離れ、窓辺に向かいながら）貴方、彼女のこと、愛していらっしゃるんでしょう。少なくとも、あの娘《こ》が貴方のことを好いていて、貴方の方も彼女に夢中だって云うのは事実だわ。それが先ず、私たちが確認しておかなければならない第一のこと。次に確認しておかなきゃならないのは、貴方もさっき仰ったように、ダヌンツィオは彼のドゥーゼを必要とし、それと同時にドゥーゼもまた彼女のダヌンツィオを必要としているってこと。（一旦話を切って）でも、この先私たちはずっと、それを信じていていいのかしら？……ねえ、ガブリエーレ、これだけは正直に言って頂戴。例の、二人してイタリアに新しい劇場を創ろうっていう話ね、貴方こんな話を持ち出して、こちらに取り込み詐欺をはたらこうとしてらっしゃるの？　それとも、その夢を本気で実現しようと思ってらっしゃるの？　もう一度、はっきり聞かせて頂戴！

ダヌンツィオ　もちろん本気さ。僕たちは一緒に手を取り合うことで、このイタリアに、いや世界中に、新しい芸術をもたらすことが出来るんだ。エレオノーラ、君だけなのさ、僕のうちに沸き立つ物語を舞台で形にする能力《ちから》をもっているのは。今取り組んでいる『ジョリオの娘』っていう作品のことだけれど、もうほとんど半分ぐらい書き上がっていている。完成すれば、これは僕の最高傑作になるだろう。そしてこの戯曲の主役をこなすには、ぜひとも君のような女優が必要なのさ。他の役者では到底勤まりゃしない。

ドゥーゼ　サラ・ベルナールがいるわ。

ダヌンツィオ　いや、サラでは無理だ。『死都』についちゃ、僕の判断が間違っていたことは認めよう。でも約束は約束だ。

ドゥーゼ　でもその約束は、貴方の方からなさったんでしょう。

ダヌンツィオ　とにかく、ここで僕たちがこれまでの協力関係を反故《ほご》にしてしまうなんてことは、思いもよらないことだ。僕たちの劇場を建てるって云う夢、そこで君が、サルドゥーだのデューマだのズーダーマンだのという連中の愚作を演らなきゃならないって云う束縛から解放されて、ダヌンツィオの全作品や、イプセン、メーテルリンク、シェイクスピアと云った天才たちの作品を思う存分演るって云う夢が、そんなに簡単に破棄できると思うのかい。君は今、女優として膏《あぶら》がのりきっている。あと一年か二年あれば、僕たちの夢を叶える劇場が出来るんじゃないか。

ドゥーゼ　でも今みたいな浪費をつづけてたんじゃ、叶う夢も叶わないわ。

ダヌンツィオ　エレオノーラ、気まぐれな嫉妬に翻弄されて、僕たちの、僕たちの夢を台無しにしちゃいけないよ。

ドゥーゼ　今度は私、とってもおかしな体験をさせてもらったわ。貴方はこの私が軽蔑できた初めての人間《ひと》、心底軽蔑しているわ、……でも、嫌いになれない……

ダヌンツィオ　僕のこと、好きなだけ軽蔑したらいい。でも、愛しつづけて欲しいんだ、これまで通り。

ドゥーゼ　私、正気じゃなくなってるわ。

ダヌンツィオ　君が必要なんだよ、エレオノーラ。君は、僕の想像力を解き放つことの出来る唯一の人間なんだ。僕が芸術家として空高く飛び立ったとき、傍にはいつも君がいた。喉をからからにして、ついに目指す泉を見付けたとき、腹を空かして漸《ようや》く目的の果実を手にしたとき、心を奮い起《た》たせ、敢えて立ちはだかる困難に立ち向かったとき、傍にはいつも君がいてくれたんだ！

ドゥーゼ　相変わらず、言葉、言葉、言葉ね。貴方が、そういう実のない言葉をみんな忘れて下さったら、私はどれほど幸せかしら……。（突然意を決したかのように）ガブリエーレ、貴方はあの娘を自分の情婦にすることが出来るわ。いずれ貴方はそうなさることでしょうよ。私がこんなことを言うのも、免れ得ない悲運は嘆いてみたって始まらない、それは受け取り、受け入れるより仕方がないからだわ。いいからあの娘をご自分の情婦になさるがいいわ。そうしてとことん快楽を貪《むさぼ》るのよ、貴方がそれに辟易するまでね。こちらがあの娘に、貴方とこれ以上関わりを持たないように言って、相手がそれを聞き入れてくれるものなら、そうもするわ。けれど、それが無理であることはもう分かっている。たとえ彼女を首尾よく説き伏せたところで、貴方はイタリアの最果てまであの娘を追い求め、捕らえた獲物にむしゃぶりつくことでしょう。彼女も貴方のこと愛しているわ。たとえあの娘がこの私にどんな約束をしたところで、あるいは又、自らの行為《おこない》にどんな罪や怖れを感じたところで、結局は貴方の誘惑に屈してしまうわ。だからあの娘を早々に連れていって、ご自分のものになさればいいのよ。

ダヌンツィオ　しかし、エレオノーラ、僕は何も……

ドゥーゼ　いいこと、もう私たちは終わったのよ。恋の榾火《ほだび》も消え果てた。（寝室を指して）あのお部屋を、他の誰かと一緒に使うなんてこと、私には出来ないの。それに、飼い主にたまの愛撫をおねだりしてまといつく愛犬になることもね……。ペットにされて喜ぶ女もたんといるでしょう、貴方には。でも私には矜持《ほこり》があるの。

（ダヌンツィオ、黙って聞いている）

そう、いずれこうなることは、以前《まえ》から察しが付いていたわ。私はもう、あの娘と張り合ったりはしない。そんなことをしたところで、どうにもなりはしないもの。私、さっき彼女のドレスにお土産のブローチ着けてあげたとき、思わず鏡を見上げたわ。そしてその瞬間《とき》、そこに映っているあの娘と自分の姿を見て悟ったの、競争《あらそい》はもはや無意味だってね。だから私、貴方に、貴方がいつも一番大切にしている自由を差し上げるわ、自分の息子が、以前より毎晩窓からこっそり家を抜け出しているのを知っていながら、父親が敢えてその子に表口の鍵を渡すようにね。

ダヌンツィオ　でも、僕はそんな鍵欲しくはないよ。

ドゥーゼ　私たちのお仕事については、これまで通りで構わない。私、貴方の才能を信じているわ。誰が何と言ったって、私にはそれを信じる理由があるの。貴方の才能への信頼が、今日まで私を支えてきたと言っても過言じゃないわ。私は、憎いと思う貴方のその才能に賭けた女なのよ。だから、私たちが今ともに取り組んでいる仕事を、放棄せずにこのままつづけてゆきましょう。貴方は私のために書き、私は貴方のために演じるのよ！

ダヌンツィオ　エレオノーラ、君は一体何を言っているのさ。あの娘《こ》との仲は、一時《ひととき》の気の迷いから生まれた仮初《かりそめ》のものさ。いずれ消滅することは分かり切っている。

ドゥーゼ　（苦し気に）もっと自分に正直におなりになるべきね。一時の気の迷いが、そのうち一ヶ月の気の迷いとなり、やがては一年の気の迷いとなるのだわ。ガブリエーレ、自分を誤魔化してはダメよ。

ダヌンツィオ　今日みたいな君の態度、僕は初めてだよ、エレオノーラ。
ドゥーゼ　貴方が私っていう女の本性を、ご存知なかっただけだわ。
ダヌンツィオ　じゃあ僕たちはこれから、ただの友達ってことになるのかい？
ドゥーゼ　（冷静に）いえ恐らく、友達でさえなくなるわ。単なるパートナー、自分たちが共にその成就を夢見ている事業のパートナーってところかしら。
ダヌンツィオ　ああ、君のそう云う割り切り方のために、僕には罪と恥の意識がつのるばかりさ。君は寛大に、こっちの長所だけを認めてゆくつもりかもしれないが。
ドゥーゼ　いいえ、寛大さとは関係ないわ。私にとって本当に大切なのは舞台だけ。元々自分の持ちものじゃないものを他人に譲ることなんか、容易《たやす》いことよ。
ダヌンツィオ　でもエレオノーラ、はっきり言うが、君は、こっちが全く望みもしないものを与えようとしている。僕は君のくれる自由なんか欲しくはないよ、ちっともね。
（ダヌンツィオ、その腕の中にドゥーゼを抱こうとする。ドゥーゼ、一瞬相手に屈しそうになる）
僕が真から欲しいのは君だけなんだ。全てを、君がパリに発つ前に戻そうじゃないか。それが一番いいんだよ。そうしておくれ、エレオノーラ、お願いだよ……
（ドゥーゼ、突然相手から身をもぎ離す）
ドゥーゼ　（突然烈火のごとく怒って）さあ、早くあの娘のところへ行ったらどうなの、お行きなさいったら！　出ていって！　貴方、私に、彼女のところまで連れていって欲しいの？　莫迦！　あの娘に、今のことを全部話せばいいわ。さあ、お行きなさいったら！

（ドゥーゼ、自分の気持を制御できず、泣きながらソファーにその身を投げ出す）

ああ、貴方は私を駄目に、駄目にしてしまったわ！


——幕——

八（第二幕第三場）

前場より六ヶ月後。ローマのシュールマンの事務所。シュールマンとアントンジーニが話をしている。

シュールマン　ああ、仰るとおり、確かに彼は大作家だ。それは認めるよ。だがそのことで、こちらにどれほどの御利益《ごりやく》があるというのかね。君なら本が売れて結構だろうが、大作家の書き下しというだけじゃ、芝居の切符はさばけない。切符売り場にドゥーゼが並んでたって難しいんだ。

アントンジーニ　成功する日も、そのうち来ますよ。

シュールマン　あり得ないね。とにかく、我々が生きている間は望みがない。それに、遠からぬうちに、あの大女優さんにも終焉《おわり》が来る。みんなの想像とは裏腹に、結核がその原因じゃなくって、我々が終始聞かされているあの「天才」への入れ揚げが命取りになることだろうさ。

アントンジーニ　今の話を伺うと、最近あの人の色艶がとても悪いのに納得がいきますね。

シュールマン　疫病神を呼び寄せたのは、例の劇場《げきじょう》さ、二人がアルバーノ湖畔に造るっていうね。一体誰があんな辺鄙な場所《ところ》まで芝居を観に行くと思うね。連中は、あの湖の畔《ほとり》にゃ、ジュネーブ湖やガルダ湖みたいに別荘でも建ち並んでいると思っているのかね。それに、大体劇場《こや》の建設費はどうやって工面するんだい。

アントンジーニ　ガブリエーレ先生の話だと、お二人は多数の人たちから援助の約束を取り付けておられるらしいんですがね。

シュールマン　君の言うとおり、支援の約束なら幾らでもある。だが結局のところ、奴等は自分たちの許に届いた請求書を、こっちに廻すに決まってるんだ。（机の書類を指さしながら）それにあの男は、なんでも金をかけた豪華なものじゃないと満足しない。実は今度、奴の新作の舞台装置をネローニに作らせたんだが、果たして奴は駄目だと認めない。なかなか立派な出来なんだがね。それであの男はそのセットの製作を、パリの友人の美術家に頼む腹なのさ。とにかく、あいつは色んな人間から金を借りまくっている。まあこの際、奴に大金を貢いでいる、あの哀れな女のことは言わずにおくがね。

アントンジーニ　そんな話は結構ですよ。何しろあの先生ときた日には、今から執筆予定だという十二冊の本を質草に、僕からお金を借りているんですから。

シュールマン　ドゥーゼが情婦じゃなくなったんで、あいつはそこらで拾ってきたおてんばを次から次こちらへ寄越し、あれこれ役を付けろと言って聞かないのさ。もう大変な迷惑だよ。

アントンジーニ　エンマがいるのに、ですか？

シュールマン　ああ、あの娘とは今でも続いているみたいだね。だが、べったりって訳じゃない。それにあいつにゃ今や、自分の密かな目論見を女に隠すというほどの嗜《たしなみ》もみられない。

アントンジーニ　（笑いながら）そう言えば、この間出会ったときもあの先生、「ねえ、トム、作家は就寝時、女優をベッドに伴わなければならない、などという不文律でも出来ないものかね」なんて言うんですよ。まあこちらは、そんな決まりが出来るとしたら、それを作れるのは先生ご自身しかいない、と応えておきましたがね。

シュールマン　ボーイトは昔奴のことを、「天才の中で、一番澄《す》ました極悪人」といったものだが、言い得て妙だね。あんな嫌《いや》な男はいないよ。

アントンジーニ　でも僕たちの中で、あの先生のことを羨《うらや》まない人間はいないでしょう……。

それはそうと、例の小説の校正刷り、もうご覧下さいました？

シュールマン　（頷きながら）奴にあの本は出せないだろう。

アントンジーニ　いえ、先生はお出しになりますよ。そのつもりでおられます。こっちだって、今さら出せないなんて言わせませんよ。何としても出版を実現して、前貸した分を少しでも取り返しませんとね。

シュールマン　でもあの内容は、当事者にとっちゃ余りに酷だよ。とてもじゃないが、エレオノーラは受け入れないだろう。

アントンジーニ　あの先生のことですから、彼女を口説く何か旨い手を見付けるでしょうよ。心配要りませんて。

（ドアをノックする音。シュールマンが「どうぞ《アヴァンティ》」と叫ぶと、ドゥーゼ登場）

ドゥーゼ　（シュールマンに）まあ……お客様がいらしたのね。お一人かなって思ったんだけど。

アントンジーニ　（席を立ちながら）今丁度お暇《いとま》しようと思っていたところですよ。ジョゼさんに渡しておいた『炎の恋人』の校正刷り、もうご覧頂けたかどうか、一寸見に来たんですよ。

シュールマン　こいつに書かれていること、もちろん君は知ってるだろうね。

ドゥーゼ　全部じゃないけど。おおよそはね。大体の粗筋は分かってるわ。ガブリエーレはそのゲラのこと、何も言っちゃくれなかったけど。

アントンジーニ　この本はきっと売れますよ。ガブリエーレ先生の許には、大枚のお金が転がり込むことでしょうよ。こっちの懐も多少は潤うって期待しています。（シュールマンに）それじゃあジョゼさん、また近いうちに。（ドゥーゼに）では失礼します。ご機嫌よう、さようなら。

シュールマン　それじゃあトム、いずれまた。

（アントンジーニ退場）

（ドゥーゼに）まあ掛けたまえ。

ドゥーゼ　（シュールマンの言葉には従わず立ったままで）ホテルに戻ったら貴方からお手紙が届いていたものだから。これ、一体どういう意味？（トハンドバックから一通の手紙を取り出す）

シュールマン　申し訳ないがエレオノーラ、僕たちは分かれ道に来たようだ。君とはもう一緒にはやっていけない。

ドゥーゼ　どうして、一体どうしてよ。

シュールマン　その手紙にも書いたように、僕はもう君たちには随《つ》いてゆけないのさ。ガブリエーレの頭にあるのは、明日の劇場《げきじょう》のことだ。将来のあるべき演劇について、君たちの考えていることは、あるいは正しいのかも知れない。でも僕は、今日の演劇でメシを食ってる人間なんだ。切符の売れゆきのことや、日増しに上がる劇場《こや》の借料《かりちん》のことにいつも頭を悩ませ、『ジョリオの娘』がいい例だが、一旦芝居を打ったなら、たとえ儲けを度外視しても、とにかく客席をいっぱいにしなきゃならないという厳しい現実の中でね。僕にはもう、君たちと組む力量《ちから》がないのさ。

ドゥーゼ　でもジョゼ、貴方はもうこの私を、大事に思っては下さらないの？（ト椅子にかける）

シュールマン　それは難しい問題だ。だがその質問には、次のように応えさせてもらいたい。つまり、僕のこれまでの敬意は、常に、君の才能、君の天才に対して払われてきたものだ。だがその天才が、人が見い出すだろう芸術的価値からあまりにもかけ離れた、演劇的にはさして意味があるとは思えない作品に浪費されているってことになると、そうした尊敬の気持も、いつしか消えてしまうってことさ。

ドゥーゼ　でもジョゼ、私には貴方が要るのよ。

シュールマン　君の気持はよく分かる。でもね、エレオノーラ、問題は、僕が真から欲しいと思っているのは、君個人じゃなくって、君の才能を持った一人の女優だってことさ。

才能さえあれば、どんな女優だって構やしない……。君はとても野心的な女だ。君がどれほど野心家であるかということを、僕以上に知っているものはいないだろう。そしてガブリエーレもまた、自負心の強い、独り善《よ》がりの野心的な男だ。だがこの僕もまた、それなりに野心を抱《いだ》く人間なのさ。他人《ひと》の目にはそんな風に映らないよう注意はしているがね。そりゃあ僕自身は大した人間じゃない。でも僕は、他人の威光を借りて自分の野心を満たせるのさ。かつてはサラ・ベルナールの威を借りて己れの欲望を成就したように、ここのところはずっと君の威信にすがる形で、その夢を実現してきた。だが、そろそろ僕は、別の威光を探さなければならなくなったようだ。

ドゥーゼ　なんて非情な人なの、貴方は！

シュールマン　僕が非情じゃなかったら、今頃君は破産しているはずだよ。

ドゥーゼ　確かに今、私はそういう状態からそう遠くないところにいるわ。

シュールマン　それにあのガブリエーレっていう男、あいつが僕を好いていないのは承知しているが、僕もあいつが嫌いだ。あの男は、僕が出しゃばりで、自分が芝居を書こうとすると直ぐに傍《はた》から口を出すと思っている。一方僕は僕で、奴から君の仕事のマネージメントのことで、あれこれ口を挟まれるのが我慢ならない。アントンジーニはガブリエーレと旨くやっている。何故ってそりゃあ、二人の間には、気質の上でお互い似かよったところがあるからさ。だが、女を愛せない僕のような人間が、女しか愛せないガブリエーレのような男と旨くやっていける道理がないのさ。違うかね。
ドゥーゼ　でも、あの人は貴方に一目置いているわ。
シュールマン　（頭《かぶり》を振りながら）僕だけじゃなしに、エレオノーラ、あの男は君にとっても疫病神だよ。だがボーイトは違う。彼は君の芸術を豊かにし、君の視野を広げ、寛容で、思慮深くて、ひたすら君の幸福《しあわせ》を願っているような男だ。だがガブリエーレって奴は、この際率直に言わせてもらうなら、こっちにとっちゃ、怪物さながらの極悪人だよ。
ドゥーゼ　確かに人間としては、彼はボーイトに劣るわ。でも創造的な芸術家としては……。あの人の悪徳についてなら、私は何でも知っている。ええ、私にだって、それぐらいのことを見抜く眼はあるわ。でも、そうなの、彼にはそれを償って余りある偉大な才能があるのよ。私はどこまでもそれを信じている。そして、もしも私が彼の才能に仕えることが出来るのなら、もしもその天与の才能が私の力によって大きな実を結ぶのなら……。ああ、こんな私を貴方は嗤《わら》うのね。ジョゼ、残酷な人だわ、貴方は。
シュールマン　いくら僕が残酷でも、あいつほどじゃないよ。（校正刷りを取り上げて）エレオノーラ、本当に君はこいつを読んだのかい？　正直に言ってご覧よ。
ドゥーゼ　さっきも言ったように、その作品については、詳しいことは知らないわ。でもそれを書いている最中に、彼はよくその一節を私に読んでくれたわ。

シュールマン　君がこの小説の中身を知ってるはずがない。内容が分かっていて、こいつの出版を許すなんてことはあり得ないからね。それほど下劣なのさ、あいつの書いたことは。

ドゥーゼ　どうして下劣なの？

シュールマン　そりゃあ読者がみんな、君たちの情事を残らず知ることになるからさ。ここに出てくるフォスカリーナっていう大女優、これは紛れもなく君のことだし、ステーリオって作家はガブリエーレ自身がモデルだってことは一目瞭然だ。君は自分の私生活《プライバシー》を世間に晒したいのかい。それだけじゃない、ここにはエンマのことも書かれている。奴とあの娘《こ》の色恋沙汰までね。

ドゥーゼ　（動じない振りをしながらも明らかに狼狽して）その作品の中に、私が恥ずかしく思うようなことは一切ないわ。

シュールマン　君は、年下の若い男に溺れ、情欲と嫉妬に身を焼き尽くす中年女だなんて言い触らされたいのかい。君のことをそんな風にしか扱わない奴は、救いがたいほど品性の下劣な奴だ。

ドゥーゼ　貴方には分からないのよ、ジョゼ……。それぐらいのことでこのイタリアにまたひとつ文学の傑作が生まれるのなら、私の苦しみ、——まあ、苦しみと言ったって、実際その時になって、こちらが言われるような苦しみを味わったらの話だけど——そんな心の痛みなんか取るに足りないことよ。

シュールマン　奇妙な傑作もあったものさ。無償の愛だけが生み出し得る人間の誠実さ、その英雄的な努力、またありとある痛ましくも偉大な犠牲、そういう尊いもの全てに泥を塗る傑作なんてね。エレオノーラ、君はなんて哀れな女《ひと》なんだ！

ドゥーゼ　あの作品のことはもういいの。私がこうして伺ったのは、頂戴したお手紙にお書きになっていたことをお話しするためだわ。（なおもその手紙を膝の上にのせながら）ジョゼ、貴方なしで、この私に、どうやって仕事をつづけろって言うのよ。

シュールマン　君にはガブリエーレがいるじゃないか。ああ、悪いことを言ったね、エレオノーラ、どうか僕を許してくれ。しかしだね、昨夜のことを思い出してご覧。客席は半分空だった。それに、ガブリエーレの一幕物を二本も並べ、終幕が降りた後、おまけに君たち二人が幕の前に立っても、観客からは拍手ひとつ起こらなかった。ところがゴールドニィの作品で君が舞台に立つと、今度は沸がごとき喝采だ。この事実が全てを語っている、そうじゃないかね。

（ドゥーゼ黙ったまま）

それでも当座は何とか奴の芝居にも客は入るかも知れない、君見たさにね。けれどそれだって、そう長くは続きやしない。

ドゥーゼ　たとえ今は駄目でも、いつかは良くなるわ。何万もの観客が、あの人の作品を観に劇場に足を運ぶわ。

シュールマン　可哀想なエレオノーラ、君は今でもあの男を愛しているんだね。

ドゥーゼ　（ハンドバックの中に手紙をしまいながら立ち上がり）いいわ、このお手紙、貴方にお返しするつもりだったけれど、このまま私が持ってた方がよさそうね。お仕事のこと、貴方とまだ沢山お話ししなきゃいけないけれど、今日はこれでお暇《いとま》するわ。（手を差し出して）それじゃまた。さようなら。

シュールマン　いずれ後で。

（ドゥーゼ、ドアのところまで行くと、躊躇しながら振り返る）

ドゥーゼ　その校正刷り、もしもうご覧になっていらっしゃるのなら、お借りできないかしら。

シュールマン　このゲラ、トムから借りたものだからね。目を通したら直ぐに返すって約束なのさ。

ドゥーゼ　それなら明日、私の方からあの人の所に持って行くわ。それならいいでしょう。

（ト机の上の校正刷りを取り上げる）

さっきもお話ししたように、大体の内容は分かっているのよ。

シュールマン　エレオノーラ、そんなもの、そんなもの、読んじゃいけないよ。悪いことは言わない。結局は君が傷つくだけのことだ。

ドゥーゼ　何故私が傷つくの？　ガブリエーレは言ってたわ、感謝と敬意と愛をこめて、僕はこの作品を書いたって。私には受け入れられるわ、きっと受け入れられる、たとえそこに何が書かれてあっても、それが私たちの愛の真実を語っているなら。

（シュールマンが愕きと哀れみのこもった目でドゥーゼを見つめるなか、彼女が校正刷りをハンドバックにしまい込むところで幕が降りる）

九（第二幕第四場）

前場から三ヶ月後。ミラノのとあるホテルの寝室。ドゥーゼ、枕で身体を支えるようにしてベッドに横たわっている。彼女の傍にはボーイトが付き添っている。

ボーイト　さあ、もう少し薬を飲まないと。僕が飲ませてあげるから。

ドゥーゼ　そんなの飲むと、よけいに咳が出ちゃうわ。少しお水を頂戴。それで充分だわ。

（ボーイト、洗面台に行って、グラスに水を満たし始める）

お芝居にも行かないで、ずっと傍にいて下さって有難う。

ボーイト　芝居なんて、君が出てもいないのに、そんなもの観に行ったって仕方ないじゃないか。

ドゥーゼ　あら、素敵な作品なのよ。素晴らしい場面があるの。今度のお芝居、彼の最高傑作になるんじゃないかしら。全てが新しくって、簡潔で。

ボーイト　ガブリエーレにそれほど装飾を削《そ》ぎ取ることができるなんて、一寸《ちょっと》信じがたいね。

ドゥーゼ　傑作中の傑作には違いないけれど、それだけに、女優として今度の一件ほど、無念なことはないわ。それは貴方の仰るとおり。舞台女優としての矜持《ほこり》が、今の私を苦しめる。それがあの人の要求なら、たとえどんなに難しい事柄だって演《や》って見せたのに……それがよりによってこんな大事な舞台で……。ねえ、今何時？

ボーイト　十一時十五分だよ。

ドゥーゼ　じゃあ、もう幕になっているわね。旨くいったかしら。

ボーイト　君はあの芝居の成功を望むのかい？

ドゥーゼ　もちろんよ、当然でしょう。

ボーイト　本当に？

ドゥーゼ　（急に激しく）嘘よ！　私、あの娘《こ》が失敗すればいいと思っているの。みんながね、ああ、ドゥーゼがあの役を演るのを観られないのは残念だって、そう言ってくれるのを待ってるの……。私が心のうちを明かせるのは貴方だけよ。何故ってそれは、たとえどんなことがあったって、貴方は絶対に私を裏切ったりしない人だから。……エンマの失敗を希《ねが》っている私って、鬼かしら？

ボーイト　よく分かるよ、君の気持は。

ドゥーゼ　私、あの人には、一ヶ月か二ヶ月待って欲しいって何度も頼んだの。たった一ヶ月か二ヶ月よ、それほど長い期間じゃないわ。だのに……。貴方、私の持病のことはご存知よね。私の仕事はあまりにきつく、お休みはあまりに少ない。だからこうして偶《たま》に、身体が言うことをきかなくなるの。熱もあるし咳も出るけれど、こんな症状が長くつづくことはないわ。絶対にね。本当のところは、彼が疾《と》うから心中で、あの娘に私の役を演らせたいと思っていて、こちらの病気がもっけの幸いになったってことよ。

ボーイト　だったら、今度は君が彼をお払い箱にする番だ。違うかね。

（ドゥーゼ、返事をせず、寝返って枕に顔をうずめるようにする）

ボーイト　君の彼への思いも、長患いの病気のようなものだ。完治は無理だとしても、それが再発しないよう心掛けないとね。

ドゥーゼ　あの人の言い付けで、イタロがここへ衣裳を取りに来たわ。私、自分でクロゼットからそれを取り出して、持たせてやったの。本当は、あの娘が自分で取りに来られたんでしょうけれどね。

ボーイト　そんな勇気はなかったんだろうさ。君に申し訳ないって云う気持を抱《いだ》いたというか。

ドゥーゼ　『死都』は私の作品だったのよ。あの娘のものじゃないわ。ガブリエーレはあのお芝居を、私の、私のために書いてくれたのよ。サラ・ベルナールとの当初の約束から、初演こそ彼女の手に任せたけれど、それは決してあの人の本意じゃなかった。そんな彼が、最初から主役をエンマに演らせるつもりなら、どうしてそれが私の作品だなんて言ったの？　どうして私に舞台稽古までやらせるようなマネをしたのよ。

ボーイト　そりゃあ、もちろん当初は君に女主人公を演らせるつもりだったのさ。ところが君は、折悪しく体調を崩して舞台に立てなくなってしまった。そこで彼は、これは誰か代役を立てなければ、という考えに傾いてしまったのさ。

ドゥーゼ　エンマは、私の演るようには出来ないわ。彼も愚かな人よ。彼女には、ミラ役をこなせるほどの経験の積み重ねがないもの。アリーゴ、あれはね、それは難しい役柄なの。とっても素晴らしいけど、ひとつ間違えば、取り返しのつかなくなる役所《やくどころ》なのよ。私には、エンマがどんな風に演るか察しがつくわ。彼女は、『カバレリア・ルスティカーナ』で演った時みたいに、万事に大袈裟な演技を心がけるでしょうよ。それで舞台には、悲哀感が漂うってわけね。私には全部、全部彼女のすることが分かるわ。そしてあの最後の場面、ミラが火炙りにされる場面であの娘は叫ぶのよ、「ああ、なんて、なんて美しい炎！」ってね。エンマにあの作品は無理なのよ。そうは思わないこと、アリーゴ。

ボーイト　そんな風に神経を高ぶらせちゃいけないよ。もっと安静にしていないと。今度のことはもう済んだことだ。ガブリエーレのことで、いちいち気を揉むことはない。

ドゥーゼ　でも彼なしで、私、この先どうしてやっていったらいいか分からないわ。（グラスを手にし、一口二口水を飲む）あの人がどれほど残酷な人間かってこと、貴方には想像できないでしょうね。貴方、先だって私が稽古中に倒れた際、彼が私を楽屋に運ぶの手伝ったことご存知？　その時ね、あの人、後でアントンジーニに言ったらしいの。アントンジーニの口から直接聞いた訳じゃないんだけれど、イタロがそのことを話してたって、イザベラが聞かせてくれたの。ガブリエーレは私を運んだ後で言ったそうよ、「男に愛されなくなった女の身体ほど重たいものはない」ってね。あの劇場の舞台で、ほとんどの出演者が聞いている前でね。

ボーイト　奴の言いそうなことさ。今さら愕くようなことじゃない。

（ドアをノックする音。ドゥーゼが「どうぞ」と声を上げると、シュールマンが入ってくる）

ドゥーゼ　お芝居、終わったの？　出来はどうだった？

シュールマン　通用口は人だかりの山でね。劇場を出るのが一苦労だった。

ボーイト　どうして？　暴動でも起こったのかね？

シュールマン　ああなると、もう本当に暴動のようなものだね。奴があんな圧倒的な成功を勝ち得たのは初めてのことさ。僕は、あいつのことを完全に見誤っていたよ。

ドゥーゼ　成功したのね！

シュールマン　ついにあの男は、戯曲の名に値するものを書いたのさ。叙事詩に毛の生えたようなものじゃなくってね。今度という今度は、僕も本当に愕いたよ。あの作品には、劇的緊張も、人物の鮮やかな特徴づけも、観るものを心底ハラハラさせるクライマックスも、みんな揃っている。これは、僕が間違っていた、こちらの目が完全な節穴だった。

(ドゥーゼに)　君の言っていたことが本当だった。

ドゥーゼ　でも遅きに失するわ。今日の日が、もっと早くに来て欲しかった。

シュールマン　何を言っているんだ。グランド・オペラを彷彿させる悲劇で、観客があんなに熱狂したところを、今まで観たことがないよ。ルッジェリ[13]の演技は名優と言われるだけあって本当に素晴らしかった。彼には少なくとも、二十回はカーテンコールがあったんじゃないかな。そして勿論、どの役者のカーテンコールも、ガブリエーレを舞台に呼び出すための口実になっていたのさ。

ボーイト　これまでさんざん非難中傷を浴びてきた身としちゃあ、ガブリエーレも堪えられなかっただろうね。
ドゥーゼ　それであの娘は、エンマはどうだったの？
シュールマン　（躊躇いがちに）ああ、彼女も、彼女も勿論よかったよ。
ドゥーゼ　でもあの最後の、最後の火炙りの場面は？
シュールマン　そりゃまあ君が演じるようなことはなかったけれど、それでも、彼女なりによくやったよ、素晴らしかった。
ドゥーゼ　ルッジェリと同じくらい拍手があったの？
シュールマン　ああ観衆は彼等双方に惜しみない拍手をおくっていたよ、（素早く）も、もっとも演技の質としちゃあ、勿論ルッジェリの方が格段に高いがね。
ドゥーゼ　それで、それであの娘にもカーテンコールが？
シュールマン　ああ。あの男と一緒に出ることもありゃ、一人の時もあったがね。
ボーイト　なるほど。ついにガブリエーレは当てたんだね。
シュールマン　仰るとおりさ。とうとうあいつはやったよ。……これで奴の懐にも、それなりの金が入るだろうさ。
ボーイト　追い追いにね。
（扉をノックする音。ダヌンツィオとガッティ、ともに晴れやかな顔をして登場。ガッティの方は大きな花

束を手にしている）

ダヌンツィオ　エレオノーラ、パーティに出る前に君の顔を見ておかなきゃと思って一寸立ち寄ったんだ。もう聞いただろう、僕の芝居が大喝采を受けたってこと。あんな雷のような拍手や声援は信じられないよ。ついに、ついに僕たちは壁を突破したんだ！

ドゥーゼ　ジョゼが来てみんな話してくれたわ。貴方の作品がこれまでにない評価を受けて、私も嬉しいわ。

シュールマン　僕からもおめでとうを言わせてもらうよ。ガブリエーレ、本当に良かったね。……エンマ、君の演技も素晴らしかった。正直言って、君にあそこまで旨い芝居が出来るなんて、思ってもみなかったよ。

ダヌンツィオ　その通り、彼女はびっくりするほど良かったよ。特にあの最後の場面ね、あの場面の彼女の何と美しかったこと……

ドゥーゼ　ねえ、アリーゴ、みんなが坐れるように、もっと椅子、部屋《ここ》に持ってくるように言って下さらないこと。そこのベルを押して下されば……

ボーイト　悪いけど、僕、もう行かないと。用事があるのさ。（トベッドの傍により、彼女の手を取る）

ドゥーゼ　用事、ですって？

シュールマン　もしホテルにお戻りになるつもりなら、馬車でお送りしますよ。

ダヌンツィオ　アリーゴ、君にはまだおめでとうを言ってもらってないね。ここを出る前に、君、お祝いの言葉を聞かせちゃくれないかね。

ボーイト　（ダヌンツィオの言葉を無視して）エレオノーラ、じゃあ僕はこれで。……明日もなるべく早く来るようにするからね。

ドゥーゼ　お待ちしてるわ。お見舞い有難う。

シュールマン　エレオノーラ、君の体が元に戻ったらぜひとも相談したいことがあるんだ。先週、イギリスでね、……まあ、とにかく健康が回復したら、じっくり話し合おう……。じゃあ今夜は僕もこれで。それじゃあまた、さようなら。

ボーイト　エレオノーラ、今はとにかくよく眠ることだよ。お医者様も言ってただろう、君に一番必要なのは睡眠だって。

（ボーイトとシュールマン、退場）

ドゥーゼ　ああ、ぐっすり眠ることさえ出来たらね……。さあ、そこへお坐りになって。

ダヌンツィオ　（ドゥーゼは明らかにそれを望んでいないが、彼女の額に手をあてがって）熱はほとんど退《ひ》いたようだね。顔の表情もとっても落着いてきた。

ドゥーゼ　いいえ、熱は上がっているはずよ。ボーイトが半時間前に計ってくれたわ。舞台の熱気でまだ身体が火照《ほて》ってらっしゃるから、こちらの体の熱いのがお分かりにならないのよ。

ガッティ　先生にこの花束、お持ちしました。

ドゥーゼ　今夜は菫じゃないのね。……じゃあこのお花、取り敢えず、あそこの花瓶にさして下さる？　それから、悪いけど、私の肩掛け、ここへ持ってきて頂戴。一寸起きあがって椅子に掛けたいから。そうしていると、胸の痛みが和らぐのよ。

ダヌンツィオ　君は本気で起きあがるつもりなのかい。

ドゥーゼ　もちろんよ。このお部屋、暖《あった》かだもの。エンマ、お願い……

ガッティ　（肩掛けを持ってくると、ドゥーゼがそれで肩を覆うのを手伝う）ベッドの方、もう一度整え直した方がいいですわ。

ダヌンツィオ　君は安静にしていなかったとみえるね。

ドゥーゼ　（椅子の方に向かいながら）そう、貴方は、長年の夢だった成功をやっとつかんだのね、ガブリエーレ。（ガッティに）そして貴女も、自分の地歩を固めたし。

ガッティ　何もかも先生のお蔭ですわ。先生がいらして下さらなければ、わたしなんか到底……

ドゥーゼ　私にお礼なんか要らないわよ。有難うは、彼に言うのね。

（ガッティとダヌンツィオ、共にドゥーゼとの会話が険悪なものになる恐れのあることを悟る）

ガッティ　わたし、今夜、先生のお演じになるお姿を想像しながら、なるべくそれに倣《なら》おうと頑張りました。台詞もみんな、先生がお稽古の時演じて見せて下さったようにやりましたわ。

ダヌンツィオ　そう、あの第二幕の、例の長台詞ね、エレオノーラ、あの台詞のこと覚えているだろ。そこの箇所をね、初めはゆっくりと、それから次第に早く、そしてお仕舞いに、観客がドキリとするほど激しく言うのさ。まさに君のお手本通りにね。彼女は、確かに君の賢い生徒だったよ。

ドゥーゼ　そう、とっても賢い生徒さんだったわ。

ガッティ　先生、お身体が慄えてらっしゃいますわ。早くベッドにお戻りになったほうが……

ドゥーゼ　エンマ、貴女、何もかも私のお蔭って、そんなことを言いによくもこんな所に来られたものね。

ガッティ　（身体を慄わせながら）何が、仰りたいんですの？

ドゥーゼ　貴女はね、私の大切な役を奪ったのよ！

ダヌンツィオ　エレオノーラ、莫迦なことを言うもんじゃないよ。僕たちはただ、君の回復を待っていられなかっただけのことなんだ。早く公演をやらないと、費用が天文学的数字に増えてしまう心配があったのさ。とにかく、ルッジェリはこれ以上待てないということだった。エンマは君の役を奪ったんじゃないよ。作品と出演者を救うために、君から役を引き継いだんだ。君はもっと冷静になるべきだよ。

ドゥーゼ　（ガッティに）貴女が将来大女優になるだろうってことは充分分かったわ。いえ、今でも貴女は立派な大女優かもしれない。シュールマンもそんな風に考えているみたいね。私、貴女には、野望も、自分の夢を実現するための粘りも、ひたむきさもないと思っていたわ。でも、それはこちらの思い違いだった。貴女は、非情な野心家だったのね。

ガッティ　そんな……。わたし、今度のような場合、女優ならどなただって同じことをなさったと思いますわ。

ダヌンツィオ　エレオノーラ、じゃあ訊くが、君は、自分の育てたエンマが君の役を立派にこなすのと、誰か他の役者が演って芝居をぶちこわすのと、どっちがよかったんだ。はっきり言おうか、君は、他の大根役者が自分の代役にたって、舞台を台無しにしてりゃそれで溜飲が下がったんだ。そして今以上に僕たちの負債が膨らんでくれればね。

ドゥーゼ　ねえ、エンマ、貴女、私が丁度パリから戻ったその日私のところへやって来て、ガブリエーレのことを忘れると言ったでしょう。――そのこと覚えていて？

（ガッティ頷く）

あの時、貴女はガブリエーレを愛していたにもかかわらず、彼のことを諦めようとしていた、あの時の貴女に嘘はなかった。もちろんその後もガブリエーレは貴女に甘い言葉をささやきつづけ、堅かったはずの貴女の決心も次第に緩んでいった。——でも、あの時の貴女は本気だった。そうよね、貴女、本気でガブリエーレと別れるつもりだったんでしょう。そうでしょう。

ガッティ　仰るとおりですわ。もちろん、本気でそう考えてました。

ドゥーゼ　——けれど、今度の代役の問題が出てきたとき、話は別の様相をおびてきた。それは仕事の問題、また女優としての貴女のキャリアの問題になってきた。貴女に巡ってきたのは、それは重要な役柄だった。その役柄を本来演ずるはずだった女《ひと》は、貴女にそれは寛大で親切だったかもしれない。でも、仕事は仕事、自分の選択に何ら問題はない、そういうことね。

ダヌンツィオ　エンマ、そろそろ行こうか、みんなをあまり待たせちゃ悪いからね。時間が遅くなっている。

（ガッティ、哀れみと悔恨の念にかられながらドゥーゼを見つめる）

ドゥーゼ　そうね、みんなを待たせちゃいけないわ。貴方たちの成功を喜んでくれる人たちのところへお行きなさい、お花やシャンパンで賑やかにお祝いをしてくれる人たちのいるところへね。（これらの言葉を口にする度、咳こうとする）さあ、行って、行って、行って頂戴！

ダヌンツィオ　（ドゥーゼの両手をつかんで）エレオノーラ、君はベッドに戻った方がいい。正常な判断が出来なくなっている。さあ、戻るんだ！

ドゥーゼ　（身体を自由にしようともがきながら）この娘と一緒に、この淫らな娘と一緒に行けばいいんだわ！　早くここから出ていって！（ダヌンツィオに手首を握られたまま、突然すすり泣き始める）

ダヌンツィオ　……ああ、エレオノーラ、エレオノーラ、愛しいエレオノーラ……、辛い思いをさせちまったね。もう泣くのはおよし、……身体にさわるだろ。

ドゥーゼ　（前言を忘れたかのように）ガブリエーレ、ああ、ガブリエーレ！

ダヌンツィオ　ご免よ、君の真心を踏みにじるような真似ばかりして……

（ドゥーゼ、彼から身体を離し、よろよろと洗面台の所まで行くと、苦しそうに肩で息をして咳き込み、すすり泣きながらそこにかがみ込む）

ガッティ　先生！（トドゥーゼの許に急ぐ）

ドゥーゼ　血、血が……

――幕――

十（第二幕五場）

前場から約二年後。第二幕第三場と同じローマのシュールマンの事務所。シュールマンとアントンジーニが一緒に話をしている。

シュールマン　しかしね、トム、あの男の言っていることは莫迦げている。君だってそう思うだろう。

アントンジーニ　貴方は、アメリカ公演とイギリス公演で、えらく成功なさったじゃありませんか。

シュールマン　いや、あいつの要求は断じて受け入れられない。はっきり言っておくが、ガブリエーレの作品についちゃあ、我々は高々二つのレパートリーを持っているだけだ。

そいつの傾向は互いに異なるが、両方とも、客をうんざりさせるか愕かせるかのどちらかっていうシロモノだ。そのどちらに転んでも、人気の点じゃ致命的になる。そんな話にゃ、とてもじゃないが乗れないね。奴も、あまり欲なことを考えない方がいい。

アントンジーニ　欲を出すなと仰られても、あの先生の場合……

シュールマン　こっちの本音から言うと、奴の作品なんか、もう金輪際やりたくないのさ。やるなら断然別の作家だよ。ただエレオノーラが、自分の巡業には、どうしても一作あの男のものをと言って聞かないもんだから、こっちは仕方なしに仰せに従っているだけなのさ。

アントンジーニ　あの女《ひと》はどこまでも、ダヌンツィオ作品が傑作だって信じているんですね。

シュールマン　恐らくね……。とにかく、彼女は奴に上演料を払いつづけているんだから、あの男にすりゃあ、こんな有難い話はないわけさ。結局、君にもよく分かっていると思うが、あいつが食っていけるのは、エレオノーラの存在あればこそなんだよ。彼女がいなけりゃ、こっちは、上演料の支払いを留保するか、奴の告訴に踏み切っているところだ。とどのつまり、この件についちゃ、エレオノーラが余りに見境をなくしているもんだから、それで……

アントンジーニ　それにしても、貴方たちがまた一緒に組んで仕事をするなんて、分かりませんね。まるでこの間《かん》、二人の間《あいだ》には何も起こらなかったみたいに。
シュールマン　いや、事が起こったのは紛れもない事実だよ。彼女の仕事に目を向けるたび、そのことを実感させられた。お互い一度は別の途《みち》を歩んだことで、彼女も変わったよ。
アントンジーニ　どんなところが、です？
シュールマン　そう、先ず第一に、あの女は今や、仕事のためにしか生きなくなった。自分の娘にさえ、どれほどの関心があるのか疑問に思うぐらいだ。ボーイトにしても、彼女とは、友達以上のものにはなれないだろう。――たとえあの男が、どんな関係を望もうとね。
アントンジーニ　貴方には、好都合なことばかりですね。
シュールマン　仰るとおりさ。彼女は、今までこの世で造られた例《ためし》のないほど見事な演技の機械だよ。これ以上高性能のマシーンを望むマネージャーもいないだろうね。
アントンジーニ　僕、彼女が、イギリス女王の前で御前公演を行ったニュース、新聞で読みましたよ。
シュールマン　そう、『椿姫』の終幕をね。こちらは当初、ああいう恋物語を高齢の女性に観せるのは如何なものかと思ったりもしたんだが、娘のルイーズ王妃が、心配は無用だと言って下さったものだから、その気になったのさ。王妃はこう仰ったよ、「母にあのお芝居を観せるのは造作ないことですわ。私が事前に、このお芝居は雛菊《ひなぎく》と呼ばれている年若い娘のお話で、彼女はインドに赴任しているアルマンという許婚《いいなずけ》がいて、その青年の帰国が遅れたために、二人は結ばれることなく終わってしまう。それでも最後に娘は、最愛の男性の腕の中で死んでゆくのよ、と申しておきますから」ってね。ヴィクトリア女王は、明らかに耳が遠くて目もよく見えない。だから芝居の内容については、それ以上知りようがないっていうわけだよ。

アントンジーニ　（笑いながら立ち上がって）それで、僕はあの先生に、結局貴方は上演料の値上げを断ったと言えばいいんですか？　それとも、お金の立て替えをして下さるとでも？

シュールマン　奴にはこう言うがいいよ、上演料の値上げなんてとんでもない、そんなお金が一文でも貰えるだけ有難く思えってね。あいつは、『炎の恋人』で一儲けしたんだろう。

アントンジーニ　稼いだものは直ぐに使い果たすっていうのがあの先生の身上でしてね。

（ドアをノックする音。ガッティ登場）

シュールマン　おお、エンマ。よく来てくれたね。ご苦労さん。エレオノーラはまだなんだ。一寸そこで待っててくれないかね。

（シュールマン、エンマの方に寄り、その手に口づける。アントンジーニも同様のことをしようとするが、彼女は急いで手を引っ込め、顔をそむける）

アントンジーニ　僕のこと、まだ許しちゃもらえませんか。

（ガッティ　黙ったまま）

どうやら貴女は、凶報をもたらす使者は殺すべしという古い原則に則《のっと》って身を処しておられるようですね。……それじゃあジョゼさん、今日はこれで。さようなら、お嬢さん。

（アントンジーニ退場）

ガッティ　（苛立ちながら）あの方は、何故私に会いたいなどと？

シュールマン　それは本人から聞いたがいいよ。……君は外国へ行ってたんだってね。

ガッティ　ええ。

シュールマン　スイスへ？

ガッティ　そうです。

シュールマン　それで、楽しい休暇は過ごせたかね？

ガッティ　休暇だなんて……。療養してたんです。

シュールマン　おやおや、それはお気の毒様……。で、今は体調は元通りに？

ガッティ　お蔭様で。

シュールマン　僕はここのところ、君には想像もつかないほど忙しくってね。イギリスとアメリカ公演がようやく済んだと思ったら、今度は直ぐ南アメリカ、フランス、ドイツの巡業の準備にかからなくっちゃならないのさ。君は、エレオノーラの『人形の家』の評判を聞いているかい？　そりゃあ素晴らしい、びっくりするほど素晴らしいものでね。

（ドゥーゼ登場）

おや、いらっしゃい。いつも通りの遅刻だ。……ねえ、エレオノーラ、これまで君が舞台に遅れた例《ためし》はただの一度もないけれど、他の用事で時間通りに来た例も、ただの一度もないね。

ドゥーゼ　今日は、エンマ。

ガッティ　（力なく）今日は。

（ドゥーゼ、この気持の沈んでいる娘の傍により接吻する）

シュールマン　それじゃあ、僕はしばらく座を外《はず》させてもらうから。君たちが話し合いをしている間に、こちらはガブリエーレの上演料についての言い分を、とくと考えることにするよ。トムの話だと、やっこさん、こっちがあいつを騙していると思い込んでいるみたいでね。これは結局のところ、見解の相違ってことになると思うんだがね。（ト言いな

がら部屋を出て行く）

ドゥーゼ　もう、お身体の具合はいいの？

ガッティ　ええ、なんとか。

ドゥーゼ　おつらい思いをなさったわね。

ガッティ　舞台のお仕事って、時折、次から次、悪いことが重なることがあるんですね。

ドゥーゼ　そうね、私だって、一年中まともな演技ひとつ出来なかったことがあるわ。ほとんど引退を考えたくらいよ、自信をなくして。（衝動的に）本当に、可哀想なエンマったら！

ガッティ　（苦々し気に）そんなことが仰りたくて、わざわざわたしをここにお呼びになったんですの？

ドゥーゼ　何を言うの、そんな訳ないでしょう。

ガッティ　あの人との情事《こと》は、先生が予想なさったような結末になりましたわ。お望みどおりのね。

ドゥーゼ　そんな言い方をされても、返事の仕様がないわ。……エンマ、そんな風に、人を恨むものじゃなくってよ。一体私が貴女に何をしたと……

（ガッティ、黙ったまま）

私は貴女の不運を喜ぶために、ここへお呼びしたんじゃないわ。その力がお借りしたくって、来て頂いたのよ。

ガッティ　わたしが、どうして先生のお力になれますの。（立ち上がって部屋の中を歩きまわる）今じゃ、あの人からご返事も頂けない身の上ですわ。彼、先生にはお便りなさっているんでしょう。違います？

ドゥーゼ　私たちが手紙のやり取りをしなきゃならないことなんて、もう滅多にないわ。

ガッティ　わたし、独りでスイスに遣らされたんです。あの人は、付き添ってもくれませんでしたわ。こちらに倦《あ》きて、全てが煩わしくなると、ご自分のしでかしたことの後始末までトムに任せて。

ドゥーゼ　後始末って？

ガッティ　子供ですわ。堕ろせって言われたんですよ。

ドゥーゼ　まあ、子供だなんて！

ガッティ　ご存知だったんでしょう。

ドゥーゼ　いいえ、今お聞きしたのが初めてよ。

ガッティ　こんなに狭いお芝居の世界のことですもの、その中にいる人間なら、誰だって自然事情通になるんじゃありません？　わたしの今度のこと、ジョゼの耳にだって――さっき、楽しい休暇が過ごせたかって訊かれましたけど、その口振りで、あの人が全部知っているってことが分かりましたわ。

ドゥーゼ　子供を堕ろすだなんて、どうして貴女、そんなことをしたのよ。何故生まなかったの。

ガッティ　正気で、そんなこと仰っているんですか。このイタリアには、あの人が愛人に産ませた子供が、あちこちそれは沢山いるんですよ。その子供たちに、彼が一体何をしてあげてます？　何《なん》にもしてあげてないじゃありませんの！　もうこの件についちゃ、わたし、何にもお話ししたくないんです。みんな忘れてしまいたい。全ては終わったことなんです！

ドゥーゼ　終わってなんかいないわ。それって、とっても怖ろしいことなのよ。……私も貴女と同じような経緯《いきさつ》で身ごもって、子供を産んだことがあるのよ。まだ十七だった。貴女、この話、何処かで聞いたことあるでしょう。

ガッティ　いいえ、一度も。

ドゥーゼ　いい、こんな小さなお芝居の世界のことだって、一部の人間《ひと》しか知らないことが幾らもあるのよ。……それで、その、私の生んだ子供のことだけれど、生まれてたった三週間で死んでしまったの……世間に幾らでも出まわっている私の伝記を、どれか一冊読んでご覧になるといいわ。そのどれもに、私のかつてのロマンテックな大恋愛のことが書いてあるから。当時私を熱愛しながら、結局は結婚を果たせずに亡くなった男のことがね。伝記の多くは、その相手を若い学生としているけれど、本当は中年の放蕩者だったの。その人が私と結婚しなかったのは、初めからその気がなかったからよ。彼が比較的若くに死んだのは事実だけど、死因は、その辺のセンチメンタルな本にあるような肺結核じゃなしに、もっとありきたりの病気だったわ。……だからエンマ、私には分かるのよ、今度貴女の味わった苦しみが。私も似たような体験をした女だから。

ガッティ　わたしあの人に、「もうお前にはうんざりだ」って言われたんです。「お前のアタマはからっぽだ。エレオノーラは読書も好きだったし、音楽も理解した。だから話も面白かった。だがお前の取得はあれだけだ。そいつもいずれダメになる」って。

ドゥーゼ　まあ、エンマ！（トガッティの傍による）

貴女、あの夜のこと、そう、貴女が『死都』の舞台で大成功を収めたあの夜のこと覚えている？　芝居がはねた後、ガブリエーレは病気で臥せっていた私の所へ来て言ったわ、「ご免よ、君の真心を踏みにじるような真似ばかりして……」ってね。でも、よくよく考えてみると、もしもあの時、私が、彼が思っていたほどあの人のことを慕っていたら、それにまた、私自身が信じていたほど彼のことを愛していたとしたら、私は到底生きちゃいなかったわ。でも私は今、ちゃんと元気でここにいる。貴女だってそのうち、私と同じ気持になれるわよ。今の貴女は、今度負った心の深手《いたで》をのり越えられないと思っている。でも、そうやって苦しんでいるうちに、いつか突然、ああ、自分は彼との過去をのり越えたって思える日が来るわ。絶対そう。私、賭けてもいいわ。

ガッティ　わたし、いま、食べることも眠ることも出来ないんです。何もかもが下らなく思えて。

ドゥーゼ　いいから、一寸だけ、私が今から話すこと聞いて。貴女、多分ご存知でしょうけれど、今度テレサが結婚することになって、近々劇団を離れるのよ。あの娘《こ》が何であんな下らない男と結婚したがるのか合点がいかないわ。でも、彼女がいなくなるってことは事実なの。さあ、そこで相談なんだけど、私たち、あの娘の代わりを務めてくれる人が直ぐに欲しいってわけ。貴女に相談があるっていうのは、そのことよ。ねえ、エンマ、私たちの力になって頂けないかしら。

（ドゥーゼの思いやりの深さ故に、彼女の態度は、自分から遜《へりくだ》ってガッティに頼みごとをしているかのように映る。しかし、勿論それはドゥーゼの意図的配慮である）

ガッティ　でも以前《まえ》にもお話ししたように、わたしは『ジョリオの娘』以降、何も仕事らしい仕事はしちゃいませんわ。ナポリでクレオパトラを演ったときなんか、毎晩のように観客から野次と罵声を浴びせられて……。あんな怖ろしい思いをしたのは初めてですわ。そんなわたしに直ぐ舞台に立てと仰られても……

ドゥーゼ　自信なら、直に戻ってくるわ。大丈夫だったら。目下の貴女は、今話した昔の私と同《おんな》じよ。私もあの時、しばらくは納得のいく、生きた演技が出来なかった。そりゃあ辛い毎日だったわよ。でもそのうち、――そう、あれはシエナの小さな劇場の舞台に立っている時だった、――私、突然自分のうちに自信が蘇っていることに気付いたのよ。諦めずに前を向いて歩いているうちに、貴女にもきっとそんな瞬間《とき》が巡ってくるわ。大丈夫、私が請け合うから。

ガッティ　でも、どうしてわたしなんかのために舞台に立つ機会を？

ドゥーゼ　それは、貴女って人が才能ある女優さんで、私たちがすぐに仕事の出来る人を探しているからよ。

ガッティ　でもわたし、それに先生のこと、傷つけた女ですもの。

ドゥーゼ　いいえ、違うわ。悪いのは貴女じゃない。ガブリエーレって人はね、自分がダメにしたい人間の心を、まず狂わせてしまうのよ。

ガッティ　悪魔、あの人は悪魔だわ！

ドゥーゼ　ああしたタイプの人間はね、世間一般の善悪なんか、まるで頓着しないのよ。彼が唯一心得ているのは、ただ己れに忠実であることだけ、まるで自然そのもののように ね。

ガッティ　でもあの人は、先生のことをあんなに食いものに！

ドゥーゼ　（穏やかに、しかし決然として）いいこと、彼はね、この私に、貴女がお考えになっている以上に惨い仕打ちをしたわ。（優しい気持になりながら）でもね、あんな天才が、永遠に私たちの誰もに具わっていると思うとしたら、それは余りに不遜というものよ。私たちは、たとえ彼から僅《わず》かな報酬《おかえし》しか貰えなかったとしても、あの偉大な才能に精一杯仕えることが出来た、――それだけでよしとすべきなのよ。

（ガッティ、愕きと恐怖の入り交じった顔でドゥーゼを見る）

ガッティ　先生はきっとまだあの人を、あの人を愛していらっしゃるんだわ、そうでしょう。

（幕が降りる中、二人の女は互いの顔を見つめ合っている）

十一（第二幕第六場）

エピローグ。一九三八年。プロローグと同じ場所。その一時間後。ダヌンツィオ、体力を消耗し、ソファーの上に横たわっている。アントンジーニ、椅子に腰掛けている。

ダヌンツィオ　彼女を帰す前に、引き合わせときゃよかったよ。そりゃあイイ女だった。もちろん若くはない、年増女だ。察するところ、四十そこそこの未亡人てところかな。でもさ、トム、それがまた妙にそそられちまうのさ。君がそう云うことに関心があるのかどうか知らんが、あの年齢の女の乳房は時々、もう一度豊かさを取り戻し始め、十代の娘のようにかたく引きしまってくるんだよ。

アントンジーニ　（笑いながら）いい加減にしてくれよ。そんなことに、興味がありますなんて言える年齢《とし》でもないだろう。……参考までに一寸訊くが、君は田舎のそういう土臭い女たちを、このヴィトリアーレに招き入れているのかい、それとも、時には君の方から、彼女たちを訪ねることもあるのかね。

ダヌンツィオ　いや、こちらから会いに行くなんてことはしないね。ここの方が都合がいい。これが外国に行ったときの話なら、特性の惚れ薬やら呪《まじな》いやらが思う存分使える、この魔法使いの特権的地位を諦めることもあるがね。ここにいる時だけは、女たちも、僕の本当の年齢《とし》を忘れることが出来るわけさ。ここでなら、特別にしつらえた世界に籠もることで、僕はどこまでも自分自身でいられる。これがどこか他所《よそ》だったら、僕なんぞ、ただの色狂《いろきちがい》の爺《じじい》じゃないかね。ねえ、トム、トムったら、もしも仮にこの人生から女というものを追放することが出来ていたら、僕は四十どころか百冊の本を書いていたんだけどね。

アントンジーニ　でも、もしも女性を自分の世界から追い出していたら、君に作品のモチーフなんか見付かっていたかね。

ダヌンツィオ　うん、それはもう君の言うとおりだ。

アントンジーニ　君は、エレオノーラとかエンマとかマリアとか、その他関わりを持った大勢の女性に対して、自分の行いを悔いるといったことはないのかね。

ダヌンツィオ　そんな気持に駆られることなんて一切ないね。いいかいトム、もし彼女たちが僕のことで苦しんだとしたら、それはあいつらの望みだったのさ。君は、僕の『聖セバスチャンの殉教』の中の、こういう一節を覚えているかね。「第四の景」の、手足を縛られ、逆さに吊り下げられたセバスチャンが、恍惚として射手に叫ぶ件《くだり》だよ。「ああ、射手《いて》たちよ、射手たちよ。これまで俺を愛してくれていたのなら、その愛を鉄の矢尻で、しかともう一度教えてくれ！　よくきけよ、より深く俺を傷つけるものこそ、より深く俺を愛するものなのだ」。そしてセバスチャンの白く美しい裸身にあまたの矢が射込《いこ》まれると、この異教的美の偶像は、「次！　次！」と己れの肉体の破壊を求めるのさ。これの「傷つける月桂樹」の場面、忘れちゃいないだろ。僕を愛した女のほとんどは、僕のセバスチャンと同じなんだよ。彼女たちは、僕たちの愛の深さを、鉄の矢尻で実感したかったのさ。そう、さっきの百姓女でさえもね。あれはベッドの上に、まるで牝牛のように物憂気に横たわっていた。だがその脇腹に鞭を当ててやると、奴はにわかに元気づいたもんさ。

アントンジーニ　数限りない女たちのこのヴィットリアーレ邸詣でのおかげで、君もさすがに無聊《ぶりょう》に苦しむことはなかったろうが、出費の方は相当嵩んだことだろうね。

ダヌンツィオ　確かに金はかかる。かかりすぎちまって、時にゃ、こっちの抱えている音楽家どもに暇を出すことも考えるくらいさ。

アントンジーニ　君の抱える音楽家だって？

ダヌンツィオ　そうさ、僕は弦楽四重奏団を持っているんだ。観光客で賑わうシーズンにゃ、町のホテルで小遣い稼ぎに、肩のこらない易しい曲を演奏《や》ったりもするんだが、それ以外は、連中が演奏するのは、専ら僕のためなのさ。僕の出すお金で、カルテットは維持されている。今夜は夕食の後、「ラズモフスキー四重奏曲」を演奏《や》るよう言ってあるんだ。君はこの曲、好きなんだろう。

アントンジーニ　そいつは最高だね。……でもまあ費用の問題としちゃあ、ベートーベンを聴く楽しみと女をベッドに呼ぶ楽しみとを、天秤に掛けなきゃならん時期が到来したってわけだ。

ダヌンツィオ　こりゃああの女を追い返したのは、一寸マズかったかもしれんな。

アントンジーニ　あの女って？

ダヌンツィオ　あの女と言ったら分かるだろう。そんな女がわんさとやって来るじゃなし。

アントンジーニ　ああ、オルランディさんのことかい。あの女、なんて言われたって、こっちにゃ色々思い浮かぶから、直ぐには分からないよ。

ダヌンツィオ　自分のことを面白おかしく皮肉られて、喜ぶ奴はいやしない……それに、ハリウッドのあの救いがたい俗悪さは誰でも知っている。けれど同時にまた……。結局のところ、こっちにあの女の言っていた脚本を拒絶する権利があるのなら、同《おんな》じようにそれを認める権利だって……。トム、この話、受けるべきか断るべきか、君だったらどうするね。

アントンジーニ　断る筋合いの話じゃないだろう、お金を必要としている以上。

ダヌンツィオ　確かに、お金は欲しいよ。

アントンジーニ　あれほど乱暴なことを言ったんだから、彼女としちゃあ、二度と君に近付こうとは思わんだろう。けれどももし君が、今度の件で前言を撤回するって言うのなら早く先方に会うにこしたことはないね。

ダヌンツィオ　あの女、明日ここを発つって言わなかったかい？

アントンジーニ　そう話してたね。となると——

（ダヌンツィオ、急いで椅子から立ち上がり、戸口に行くと扉を開けて叫ぶ）

ダヌンツィオ　イタロ！　おおいイタロ、返事をせんか！……あいつは一体どこへ行っちまったんだ。イタロ！

アントンジーニ　イタロも哀れな男だね。あんな年寄りになっても、まだおちおち休憩《やす》んじゃいられないんだから。

ダヌンツィオ　イ・タ・ロ・やーい！

イタロ　（姿は見せず）ハイ、ハイ、ただ今そちらに。

（姿を見せて）如何なさいました。どうやらこの私《わたくし》、胃潰瘍を患っておりますような……。なにしろ、ゆっくりと食事もできませんもので。

ダヌンツィオ　黙れ、阿呆！……直ぐにジュゼッペの所へ行け！　グランドホテルまで車をぶっ飛ばして、そこにいる女優のオルランディにこっちのメッセージを渡すよう言うんだ。いいか、車はメルセデスだぞ！……そ、そうだ！（机に急ぎ、抽斗《ひきだし》を開けて大慌てで紙片を探し出し、その紙に走り書きをする）奴にこれを、このメッセージを、必ず本人に渡すよう言うんだ！　分かったか、これはとても大事な用件なんだ。イタロ、ここにいる我々すべての未来は、多かれ少なかれ、このメッセージにかかっているんだ！　いいな！……そうだ、ふ、封筒が、封筒が要る。畜生、こんな時に、あの封筒は、一体どこへ行っちまったんだ。（漸《よう》くその一枚を見つけて）こりゃあ誰か、俺の封筒をパクっている奴がいるぞ。

イタロ　私めに、閣下の封筒は不要であります。

ダヌンツィオ　ジュゼッペにな、オルランディにちゃんとこのメッセージを渡して、彼女を間違いなくここに連れてくるよう言うんだぞ。分かったか、間違いなくだ！

イタロ　私はツンボではございません。

ダヌンツィオ　だったら行け、疾風《かぜ》よりも早くな！

（イタロ、脚を引きずってのろのろ出て行く）

　全くあいつももの用に立たなくなってきた。いずれ近い将来暇を出さなきゃならんだろう。こっちに金のゆとりがあれば、年金でも与えて仕事から外すんだが、そんな資金なんぞありゃしない。……それはそうと、実はトム、ドゥーゼからこんな電報がまわって来たんだ。君に見せようと思ってね。（再び机のところへ行く）イタロの奴がこの机の中のものを弄《いじ》くらなかったら、もっと簡単に欲しいものが出て来るんだが。あっ、ここ、ここ、ここにあった、あった。（読む）「新しいイタリアの嫌いなフランスの新聞は、貴兄をわが政府の敵対者にしたて、攻勢をかけております。どうぞ、一度あのマスメディアを指弾し、彼等の目論見を封じて下さい。私たちは貴兄の新しい著作を心待ちにしておりますし、わがイタリアの国民が衷心より望んでいるものは、即《すなわ》ち詩であります。

　心より貴兄のご清福をお祈りしつつ。　ムッソリーニ」

　君、この手紙、どう思うね。

アントンジーニ　用心した方がいいと思うね。

ダヌンツィオ　用心しろだって？　この僕が、これまでの人生で、用心深かったことなどあったかね。（卜件の電報を、アントンジーニに向かって投げつける）こいつを見てみろよ。僕に向かって、よくもこんな失礼な文句が書けたもんだ。僕がいなけりゃ、あいつは社会の認知を受けてやしない。奴をこの世に有らしめたのは僕なんだ。僕があの男を創り上げたんだ！

アントンジーニ　ガブリエーレ、君は今日まで、確かに多くの愚行や邪悪な行いに対して責任を取ってきている。だがムッソリーニの誕生にまで付き合ったって言うのはいくらなんでも……

ダヌンツィオ　あいつへの返事はもう書いてあるんだ。今そいつを読んでみるから、君の意見を聞かせてくれないか。……ここで、僕はここで、こいつを書いたんだ。（机の上の一枚の紙切れに目をやると、それを読み始める）「貴方の電報は、ファシズムにとっては重要である反面、私の考え方にとっては甚《はなは》だ疎遠な言葉でもって書かれております」。どうだい、なかなかいいだろう。「何人も、私に影響を与えることは勿論のこと、その意見や決心のうちのどれほど些細な箇所も変えることは出来ないでしょう。私は生まれてこのかたずっと、自分のとった行動の全てにおいてただ一つの理念にのみ従って参りました。その理念とは、即ち私自身であります」（手にしている紙片を更に顔に近づけて）ふむ、この部分はなんて書いてあるんだか一寸よく分からないな。畜生！……あっ、そうか、なるほど、なるほど。「私の無敵の意志にもとづく英雄的行為のひとつは、一九一九年十二月のあの日の日付を持っております。その日、私はただ独りで、誰の手も借りず、フィウメを救ったのであります。貴方の所謂ファシスト運動は、その意味において、その最上のものが、私の魂を母体として生まれたと言っても過言ではありません。その私が、どうして貴方の敵となり得ましょう。（この箇所を読み上げるまでに、彼の朗読は演説口調になっている）そうしてまた、どうして貴方が私の敵であり得ましょうや。それから仰っていたかの地の新聞のことでもう一言。貴方は何故に、当方のあずかり知らぬフランスの抵抗運動をこの私に封じ込めよと申されるのですか……」。取り敢えず、ここまで書いたんだが、どう思うね。率直なところを聞かせてくれないか。

アントンジーニ　（この間、先の電文をじっと吟味している）ガブリエーレ、こりゃあ二年以上も前のものじゃないかね。日付を見たまえ。間違いなく、打たれてから二年以上経っている。

（ダヌンツィオ、ぼうっとして掌を額に当てる）

ダヌンツィオ　いや、そんなはずはない。それは、つい先日届いたんだ。一寸見せてくれるかね。

（アントンジーニ、電報を返す）

こりゃあ郵便局で、何か間違いがあったんだ。（突如、胸に何か疑惑がわいた様子で）あるいは、誰か、この邸の誰かが、こいつをずっと僕から隠していたとも考えられる。トム、そうは思わないかね。

アントンジーニ　いや、そんなことはまずないよ。その電報は、今まで君が抽斗の中にしまったまま忘れていた可能性の方が高い。

ダヌンツィオ　君は、奴等がどれほど抜け目のない人間か分かってないんだ。ここの連中は誰一人として、信用なんぞ出来やしない。だいたいあのイタロにしてからが、怪しい素振りを見せるんだからね、あいつがだよ。

アントンジーニ　イタロが怪しいだって？　君のアタマはどうかしてるよ……リッツオ、奴なら話は別さ。あの男なら間違いなく――

ダヌンツィオ　しっ！　声が大きいよ。誰かに聞かれたらどうするんだ。

アントンジーニ　（笑いながら）心配要らないよ。気にするなって。

（ドアをノックする音。その音を聞くなりダヌンツィオ、愕きのあまり目眩《めまい》を起こしかねないほど慌てふためく。室内に入ってきたのはイタロ）

イタロ　オルランディ様、ご到着にございます。

（イタロ、リサ・オルランディを室内に招じ入れ退場）

ダヌンツィオ　これは、これは、オルランディさん、よくいらっしゃいました。

オルランディ　まあ、閣下は本当に常人には測りがたいお心の持ち主でいらっしゃいますわ。もう少しのところで、万事手遅れになるところでした。私《わたくし》、レビイさんに合わす顔がなくなるってことがなかったら、閣下のお手紙、引き裂いておりましてよ。閣下は今でも、私が、聖女の仮面を着けたマルキ・ド・サドだと思し召して？

ダヌンツィオ　いや貴女には色々失礼なことを申しました。どうぞお許し下さい。この私が今や世を捨てた老耄《おいぼれ》であることに免じてね。偉大なエレオノーラ・ドゥーゼと私との関係は、もうこれまで散々面白おかしく描かれてきましたので、この上新たにその種のものを作られて、またぞろ自分たちが笑いものにされるのかと思うと、私は憤懣《ふんまん》やるかたなかったのです。特に貴女のような高名な女優が主演となれば、作品は世界中の人間が観ますからな。ですが、よくよく考えてみますと、私は貴女にそのようなことを申し上げる立場にはありません。何と云っても、貴女は芸術家でいらっしゃるのですからな。……さあ、こちらに来てお掛けになって下さい。……ねえ、トム、オルランディさんの挙措、殊に顔を上げたときの感じは、何かドゥーゼを彷彿とさせるものがあるとは思わないかね。それから、そうそう、その貴女のお手、ドゥーゼは並ぶもののない、それは美しい手をしていましたが、その手に、貴女のお手は、大変よく似ておりますよ。

オルランディ　恐れ入ります……。（笑いながら）閣下は、私が一時間前にお目にかかったのと同じ方であるとは、とても思えませんわ。

ダヌンツィオ　私は昔からよく気分の乱高下がありましてね。それに歳を取るにつれて……まあ、今も申し上げたように、この高齢に免じて、ご無礼の段、何とぞお許し頂きたいと思います。（アントンジーニに）トム、夕食の前に着替えをしたらどうだね。

アントンジーニ　（腕時計を見ながら）そうだね、じゃあ、そういう段取りにさせて貰うとするか。（オルランディに）司令官殿は、先ほどの無礼の償いをさせて頂きたいと思っております。ですが私がここに長居すると、何分自意識が強いもので、それが邪魔をして、謝罪の言葉もスラスラ出てこないのではと心配しておるんですよ。

オルランディ　閣下は何故、貴方がいらっしゃると、自意識の強さが邪魔になりますの？

アントンジーニ　それは、私が司令官殿の手口を全部承知しているからですよ。

（アントンジーニ退場）

ダヌンツィオ　貴女のご申し出のことを、私はあれからずっと考えておりました。先ほどの私は、どうやら少々軽率だったようです。

オルランディ　軽率でいらしたかどうかは存じませんけれど、閣下が極端に不作法であられたことは確かですわ。

ダヌンツィオ　それでは私はまだ、貴女からお許しを頂戴していないというわけで？……これは困ったことになりましたな。どうしましょう。

オルランディ　分かりました。私、閣下のこと、この際お許し致しますわ。

ダヌンツィオ　それはどうも有難う。――金銭的なことは、私にはどうだっていいんです。ご覧のとおり、私はここで君主のような暮らしをしておりますからな。この上人生から望むものは何もありません。欲しいものは全部揃《そろ》っております。それに、歳を取れば取るほど、金品《もの》に対する執着はなくなってゆく。有体《ありてい》に申し上げれば、残された幾許《いくばく》かの時間を、思索と著述に捧げることこそ、私の最高の喜びとするところです。故に金銭は、とうの昔にこちらの関心を惹かなくなっておるのです。しかしながら、貴女のある一面が……こんなことを申し上げて宜しいですかな？

オルランディ　何なりと、仰って下さいませ。

ダヌンツィオ　その、わ、私は、すっかり貴女の魅力の虜《とりこ》になってしまったのです。ご覧のとおり、私は年老いた人間ではありますが、美に対する感受性だけは、まだ衰えておりません。私の思考の中心を占める第一のものは、あくまで美なのです。

オルランディ　（まだ陽気さを失わずに）じゃあお次は何ですの？

ダヌンツィオ　今も申し上げたように、今日まで、ドゥーゼと私のことを面白おかしく扱った作品は数多く出ています。私としては、死ぬ前に、ぜひ世間に本当のことを伝えておきたいのです。今や私に、時間は限られております。

オルランディ 『炎の恋人』の中で、閣下は本当のことをお述べになったんじゃございませんの?

ダヌンツィオ あの折、私はその炎の傍に寄りすぎていて、見るべきものをはっきりと見ていなかったんです。それ故私は、言わずにおくべきことを多く語り、逆に、言うべきだった多くのことを言わずに済ませてしまったのです。……オルランディさん、私はこれまで実に多くの女性を愛してきました。私はそのことを、今は包み隠さず申し上げます。しかし、ドゥーゼと私との関係は、他の女性の場合とは本質的に違うのです。それは、きわめて純粋かつ独自性に富むものでした、私にとっても、また世間一般の人たちにとってもね。私たちは、互いに相手の絶頂期を支え合った芸術家同志、銘々の天才を微塵も損《そこ》なうことなく、互いを高め、豊かにし、拡大したのです。もし彼女がいなければ、私に、今日までの文学的業績は上げられなかった。と同時にまた、もし私に巡り会うことがなければ、ドゥーゼに女優としての成功はなかった。彼女は、恐らく一介の役者で終わったことでしょう。私たちの互いに対する理解は、言葉ではなく、ほとんど魂の呼応とでも呼ぶべきものによって図られました。……例えば、こちらが机に向かっているときなど、ドゥーゼには非常な予知能力がはたらいて、私がその日の執筆を正確にいつ終えるかと云うことが分かったのです。そして実際私がペンを擱《お》くと、書斎の戸口に、彼女のたてる微《かす》かな衣擦《きぬず》れの音がしたものでした……

オルランディ　（徐々に落ち着きを失って）そ、それで閣下は、とどのつまり、私どものお願いをお聞き入れ下さるのでしょうか?

ダヌンツィオ　ええ、そのつもりでおりますよ。ドゥーゼを演じる貴女から、観客は、あの愕くべき女性、あの奇跡の女性が具えていた本質的な魅力の幾許かを理解することでしょう。有体に言って、ドゥーゼは貴女のような美貌の持ち主ではなかった。しかし彼女には、純粋な魂の美しさがあったのです。そして、その美しさと同じものを、私は貴女の中にも感じるってわけですよ。……ドゥーゼの魅力についちゃ、もう一つお話ししておかなきゃなりません。彼女の容姿は、時としてほとんどありきたりのものに見え、とても端麗とは言い難かった。にもかかわらず、ドゥーゼという女優は、自分の望むときには何時でも、その存在の奥処《おくが》から、眩《まばゆ》いばかりの美を放射することが出来たのです。私と彼女の絆の何であったかを知ろうと思うなら、人は古《いにしえ》の恋人たちに思いを致さなければなりますまい。シェイクスピアと彼が多くのソネットを捧げたとされる謎の「黒の貴婦人」や、ダンテとベアトリーチェ、またアラベールとエロイーズとの愛の絆が多くを語ってくれるでしょう。

オルランディ　私どもの映画製作におきましては、事実に対する忠実さや、気品や、奥ゆかしさといったものを一番大切にしますから、その点はご安心頂いて結構かと思いますわ。

ダヌンツィオ　貴女のことは信頼しておりますよ、オルランディさん。（トソファーに坐っている彼女の方に近付く）

これは日頃感じていることなんですが、私には、それが宿命的な出会いであることを教える本能が具わっておりましてね。人と出会った瞬間、その邂逅が閃光となって、己れの今日までの出来事の全ての意味を照らし出すことがあるもんです。その眩《まばゆ》い光の中で、人間《ひと》は、自己と他者とを越えた存在の深淵を覗くんですよ。これこそが、私が『炎の恋人』に込めた意味なんです。……貴女は、私とドゥーゼとの馴れ初めをご存知ですかな。ご存知なければこの際お話ししておきましょう。私は初めて彼女の『椿姫』を観に行ったとき、幕間に一寸舞台裏を覗きに行ったんですよ。すると、そこにはドゥーゼがいるじゃありませんか。ついさっき自分の演じた場面の熱気に呑まれた様子で、書き割りの扉に額を押しつけるようにして懸命に己《おの》が感情を抑え、涙を隠しながらね。その時なんです、こうして今貴女と私の目が合うようにして、私たちの目が合ったのは。と、その刹那、われ知らず、この唇に言葉が上《のぼ》った、「おお、演劇の偉大なる恋人《グランデ・アマトリーチェ》！」と私は叫んでいたんです。それを聞いてこちらを凝視する彼女の顔には、怖れと愕きと魂を奪われたような気持が入り交じっている。と、我に返ったドゥーゼは、しゃにむに楽屋に駈けていった。……これが、私たちがヴェニスで再開する二年前のことです。

オルランディ　ドゥーゼさんは、それは素晴らしい女性でいらっしゃったんでしょうね。

ダヌンツィオ　彼女には偉大さ、ある種の磁気作用といったものがありましたよ。……そう、今貴女が立派にお持ちになっているようなね。世界中の人々の想像力の中に入り込み、その人たちの日々の暮らしの一部となり、彼等に取り憑き、その夢を満たす能力《ちから》とでも言いましょうか……。（卜相手に躙《にじ》り寄ってゆく。ダヌンツィオ、オルランディの手を取り、彼女はその手を引っ込めようとする）

貴女はドゥーゼと同じ瞳をお持ちだ。あの古代の彫像にあるような、どこに眼差しを注いでいるとも分からないその瞳。それに、沈黙にしずむ額。（卜彼女の額に触れる）おお、あの女《ひと》と同じ、暗く、激しい憂いを秘めたその瞳よ！

（オルランディ、ダヌンツィオから身を離す）

貴女は黄金の鉄梃《かなてこ》の上で、情熱と夢より拵《こさ》えられた、美しくも野蛮な、夜の妖《あや》しき生きものだ。不徳の運命《さだめ》と永遠の謎を生きる象徴だ。

（このような言葉を口走りながら、ダヌンツィオはオルランディを腕に抱こうとする。彼女は笑いながらソ

ファーから飛び上がる）

オルランディ　何をなさるんです、どうぞ、そのようなマネは……

ダヌンツィオ　でも、私は貴女の魅力の虜《とりこ》になってしまったんです！　貴女を愛している、貴女一人を、貴女のすべてを！

オルランディ　（まだ笑いながら）閣下はどうかしていらっしゃいますわ。どうぞ正気にお戻りくださいましな。

ダヌンツィオ　（急に逆上して）笑うんじゃない！　私を笑うことは許さん！　何人たりとも、この私を笑いものにすることは許さん、絶対にな！

（彼女は笑いつづける。ダヌンツィオは相手に飛びかかるが、次の瞬間、片方の手を胸に当て、頬を強ばらせてソファーの上に倒れかかる）

オルランディ　（扉の方に駆け寄りながら）助けて！　誰か助けて！　誰か、誰か助けて！　お願い！

（怯えたオルランディが必死で助けを求めるなか）

――幕――

訳註

九頁　1　ダヌンツィオは、かつて同志の将校等と武力で占領したフィウメが一九二四年イタリアに併合されると、この町の背後にある山の名前にちなんで、国王より「モンテネヴォーゾ伯爵」という称号を授与された。

一七頁　2　第一次大戦後連合国の管理下におかれていたフィウメを奪取すべく義勇兵を率いたとき以来、ダヌンツィオは、自らのことを部下に、詩人ではなく司令官と呼ばせていた。

二四頁　3　1参照

三一頁　4　フィウメはクロアチアとイタリアとの間で長くその帰属が争われていたが、第一次大戦後の平和に精神の弛緩を感じていたダヌンツィオは、イタリア政府が軍事力によってフィウメを占領しなければ自らが同志を募って決行すると宣言、ついに一九一九年九月、詩人は志願兵を率いて進軍し、中央政府の方針に反して一九二〇年十二月まで実力でこの地を占領しつづけた。当時のイタリアは産業分野で見ても、アメリカ、イギリス、フランスと比べてその後進性が際だっており、近代化の遅れを解消し、先進国と同等の地位に立とうとするナショナリズムが国民の間に広がり、ダヌンツィオの行動の後押しをした。ムッソリーニはこの時政権奪取には時期尚早とみてダヌンツィオの呼びかけに応じなかったが、これをきっかけにして、二人の間には不信感が生まれ、その後の「友好関係」に微妙な影を落とすこととなった。

三一頁　5　一九一八年八月九日、飛行機好きのダヌンツィオは、小型機で北イタリアからアルプスを越えて当時敵国だったオーストリアに赴き、ウイーン上空から、「詩の爆弾」と称する宣伝ビラを撒いた。この飛行機は現在もヴィットリアーレ邸に隣接した建物の天井に吊され、展示されている。

四五頁　6　ローベール・ド・モンテスキュウ。（一八五五〜一九二一）フランスの詩人。同性愛者の貴族で、美男のダヌンツィオに思いを寄せていた。『聖セバスチャンの殉教』をダヌンツィオにフランス語で書くよう勧めたのは、このモンテスキュウである。彼は、マルセル・プルーストの『失われた時を求めて』に出てくる同性愛者の貴族シャルリュスのモデルともなった。

六八頁　7　シェイクスピア『マクベス』第二幕第二場のマクベス夫人の台詞。

七七頁　8　フランスの劇作家・小説家小デュマの作品。後にこの芝居をもとにヴェルディが歌劇『トラビアタ』を書いた。

七七頁　9　フランスの劇作家サルドゥーが一八八二年に発表した芝居。

七九頁　10　イタリア世紀末の有名な女優。（一八二一〜一九〇六）

八五頁　11　イタリアの画家（一四七七？〜一五七六）

一三二頁　12　ダヌンツィオは一八九七年無所属で下院議員選挙に出馬し当選、この年より三年間国会議員を勤めた。

二〇二頁　13　ルッジェロ・ルッジェリ（一八七一〜一九五三）当時の有名な俳優。

ガブリエーレ・ダヌンツィオの『炎』

F・キング

ガブリエーレ・ダヌンツィオの小説『炎《イル・フォーコ》』と私の戯曲『炎の恋人《ザ・エピファニー・オブ・ファイアー》』は共にある実話に基づくが、彼と私とではその出来事の捉え方がまるで違う。妻子ある身でイタリアの名悲劇女優エレオノーラ・ドゥーゼと関係を持ったダヌンツィオは、醜聞を広げたこの情事を、比喩や喩《たとえ》、象徴的表現を巧みに織り込み、美化して描いている。一方で彼とは異なる着想を得た私が絶えず自らに問い続けたのは、「本当は何が起こったのか」ということである。

ダヌンツィオの小説の舞台はヴェニスである。この地で、作者自身を素材としたステーリオ・エッフレーナとエレオノーラ・ドゥーゼがモデルであるラ・フォスカリーナは激しい情熱に駆られる。ステーリオにとってフォスカリーナは自らの才能を引き出してくれる女性であり、一方でフォスカリーナもステーリオの勢いに気圧されて、彼のためにすべてをなげうつ覚悟を決める。作中ではやがて、ステーリオが、ドナテッラ・アルヴァーレという、フォスカリーナよりもはるかに年若い女性に心を奪われ、彼女の愛と忠誠は大きな試練を迎えることになる。これまでステーリオの傑作のいくつかに着想を与えてきたフォスカリーナであるが、今や彼は自作の主役に彼女より若い女性を求めているのである。

ダヌンツィオの小説では、かの偉大なる作曲家リヒャルト・ワーグナーが、老い患いつつヴェニスを訪れる。ワーグナーもそうであったが、ダヌンツィオはニーチェを讃美し、同時にワーグナーにも心酔していた。ニーチェやワーグナーのようにダヌンツィオもまた、超人には自分より劣った人々を自らの才能に隷属させる権利があると信じていた。この小説には、もう少し思いやりのある人物も登場する。イタリアの作曲家かつ台本作家アリーゴ・ボーイトをモデルとするダニエーレ・グラウーロである。寛大な心を持つ彼は、ステーリオの友人でもあり助言者でもある。彼も優れた能力を持つ人物ではあるが、ステーリオの才能には及ばない。

小説が訴えるのは、何の変哲もない人生は退屈で取るに足らないものであるが、どれほど苛酷な苦しみを味わうことになろうとも、情熱的な活動に身を投じることさえできれば、それは生きるに値するものとなる、という考え方である。ステーリオは類ない自信と迫るような勢いを持つ人物である。ラ・フォスカリーナは、ステーリオとともにいると真に生きている気持になれたという理由から、彼女が味わったあらゆる屈辱は、受け入れる価値があると心を決める。逆説的ではあるが、苦しみは無上の喜びに転化し得る。

一九〇〇年の出版当初、作中の大女優が、老いを迎えつつある身でなお美しさに固執し、不誠実な若い恋人にすがりつく女性として描かれているという理由で、『炎』は多くの人々から批難を浴びた。しかし、ドゥーゼはこの作品を理解し、それどころか光栄に思っていた。偉大な作家の新たな傑作につながったというのなら、あの苦悩の日々には意義があった、と彼女は述べている。

（門口弘枝訳）

訳者あとがき

『炎の恋人《ザ・エピファニー・オブ・ファイアー》』は、イタリアの十九世紀末耽美派の代表的詩人ガブリエーレ・ダヌンツィオと、サラ・ベルナールとともに、舞台上から時のヨーロッパを席巻した「神のごとき女優」エレオノーラ・ドゥーゼとの、文学史上名高い恋愛をモチーフにした作品である。ついに舞台化はならなかったが、元々は一九七〇年代初頭、作者と親交のあった舞台女優、ドローシィ・テューティンのために書き下されたものである。作品の主題は、老いさらばえたダヌンツィオが金に目がくらみ、それまで頑なに拒んできた、ドゥーゼとの恋を描いた同名の小説の俗悪な映画化に同意し、その依頼に訪れた女優のオルランディに襲いかかった刹那息絶えるという、醜悪かつ滑稽な最後の場面に示されている。女性遍歴のすさまじかった多情のダヌンツィオであってみれば、あるいは、詩人の最期はこのようなものであったかと思う向きもあるかもしれないが、このおぞましい場面は、実は作者の創作であって事実ではない。史実の伝えるところによれば、詩人は一九三八年三月一日午後八時過ぎ、ヴィットリアーレ邸の慎ましやかな書斎の文机に俯《うつぶ》したまま、独り静かに息をひきとった。死因は、脳溢血と言われている。

二〇一一年七月三日、キングはベンソン・メダルの授賞式を二日後にひかえて亡くなったが、同年四月早々同賞の受賞が決まったとき、作家はその喜びを率直に語る直筆の手紙（同年四月八日付）を私の許に寄越しており、そこには、「今度の受賞がとりわけ嬉しいのは、このメダルが、かつてガブリエーレ・ダヌンツィオと遠藤周作に贈られたものだからです」とあって、この文面から、キングがかのイタリアの詩人に深い敬意をいだいていたことが知られる（だが、この時すでに、作家は己れの死期が迫っているのを知っていたとみえて、この手紙の末尾には、「メダルのことは、授賞式の了わるまで、一切口外しないで下さい」と記されていた）。

では何故、キングは自作の中で、己れの愛《いつく》しむ詩人にあのような醜態を演じさせたのであろう。――それは、個人とその個性に最高の価値をおく作家が、本作品において、自己に忠実な生は、自己犠牲をその必須の条件とするという逆説を呈示しようとしたためである。

ランボオが『地獄の一季節』の中で示唆しているように、人が創造的生を実現するためには、先ずもって、非合理で善悪を超越した力の横溢する、混沌とした「母胎」に回帰するのでなければならない。その地下世界において人は、自己実現のための養分を摂取する。本作第一幕第三場には、「僕の作品は、生きた女の体の中でしか実を結ばないんだ」という詩人のいかにも示唆的な言葉が見えるが、この始原的母の胎内で汲み取るものの大きければ大きいほど、彼の生は創造性を増すだろう。そこへの下降なくして、生の豊饒さは望むべくもない。だが同時に、その無秩序な暗部への滞留は、それが正に善悪いずれをも恕《ゆる》す放恣な潜在力の源であるが故に、いずれ人を破滅へと追いやってしまう。彼が精神を具《そな》えた存在になるためには、あたかも母子の不分明で無制限な共生状態からの離脱が必要であるように、創造的生の実現には、「母胎」との離別とそこで付着した「穢《けがれ》」の浄化が必須である。ダンテは『神曲』の天国編第七歌において、「十字架が架した刑罰を考えうるに、元通り結び合わされた性《さが》から計測すれば、これほど正しいお仕置はほかに求められぬ」（寿岳文章訳）と歌い、キリストが神と人間の性質を併せ持った「神人」としてこの世に現れたのは、アダムの原罪によって穢された人性を清め、もとの清浄な存在への回復をはかるためであり、その浄化は唯一彼の十字架上の死によって可能であったと説いているが、無神論者を自認するキングは、にもかかわらず、明らかに、犠牲と苦悩による悪と穢の清めという思想を、ダンテとキリスト教から受け継いでいる。この二つのものの浄化力とその必然性を信じることを、作家は己れの倫理学の基本としているのである。「本当の舞台っていうのはね、日々の新たな努力と犠牲の上に成り立つものなのよ」という同じ第一幕第三場のドゥーゼの科白を初めとして、この戯曲には、ドゥーゼ、ダヌンツィオともども犠牲の必然性を説く場面がしばしば見受けられるが、それは右のような作家の思想的背景による。因みに、犠牲の倫理学が徹底しているのは、『家畜《ア・ドメスティック・アニマル》』や『闇の行為《アクト・オブ・ダークネス》』といったキングの代表的長篇においても同じである。

ところで、本作のダヌンツィオは、犠牲といった言葉こそ度々口にするものの、絶えてそれを実践しない、自己本位の単なる個人主義者として描かれている。己れをなんら犠牲にすることなく、優れた作品を生み出すためなら「どんな不面目な行為も正当化される」と嘯《うそぶ》き、独りよがりに独創的な芸術家を目指した果てに、この詩人の破滅があった。苦悩によって贖《あがな》われない根元的自由は、いずれ人を自己中心的な世界へと追いやって、その人間性を壊し、現実世界の掟の支配を招くだろう。作中、詩人がヴィットリアーレ邸に軟禁され、終始ムッソリーニの監視を受けているのは、その暗示である。一方ドゥーゼは、「息子」でもあれば愛人でもあるダヌンツィオとの愛の形に苦悩しつつも、よく己れを犠牲にして、自己に忠実に女優としての本分を尽くそうとする。彼女に与えられるのは、生命《いのち》の豊かさであって、その破滅ではない。「自分を捨て、自分の十字架を負うて、わたしに従ってきなさい」とは、マタイ伝（及びマルコ伝、ルカ伝）の中の言葉であるが、「われわれが苦しみを積極的に甘受し、そこになんらかの意味を見いだすなら、（……）ついにわれわれは苦しみを通して一条の光明を認めることができる」（ベルジャーエフ『人間の運命』野口啓祐訳）のである。第二幕最後の場面で、ダヌンツィオに惨い仕打ちをされてなお詩人の天才を讃えるドゥーゼに対し、やはり詩人から大きな傷手《いたで》を受けたガッティは、「先生はきっとまだあの人を愛していらっしゃるんだわ」と口走るが、無論この若い女優の言葉に間然するところはない。だが、この終わりの場面でのドゥーゼのダヌンツィオに対する愛とは、この時ガッティの念頭にあった性的愛《エロス》ではなく、自己犠牲的愛《アガペー》であった。であればこそ、この大女優は、自分を裏切り続けた男のことを、「私たちは、たとえ彼から僅かな報酬しか貰えなかったとしても、あの偉大な才能に精一杯仕えることができた――それだけでよしとすべきなのよ」と言い放つことが出来たのである。「より深く俺を傷つける者こそ、より深く俺を愛する者なのだ」とは、作中のダヌンツィオがエピローグで口にする、同作家の代表的戯曲『聖セバスチァンの殉教』の中の有名な言葉であるが、裏切られ苦しみを受けることで却ってその強度を強めてゆくドゥーゼのダヌンツィオへの思慕《おもい》は、裏切り苦しみを与えることで逆に相手への敬意を増幅させてゆくダヌンツィオのそれと対《つい》をなしている。親しかった遠藤周作同様、作家のマルキ・ド・サドへの並々ならぬ傾倒ぶりを窺わせる一面でもあろう。

E. A. Rheinhardt の浩瀚なドゥーゼ伝 *The Life of Eleonora Duse*（London, Martin Secker, 1930）によれば、実際のダヌンツィオとドゥーゼは、一八九四年、ローマで初めて出会った。翌九五年の二月ヴェニスで再会し、その年の九月同じヴェニスで三度目に逢ったとき、二人の間に恋が生まれた。この時ダヌンツィオ三十二歳、ドゥーゼは三十七歳であった。「恋。苦悩。聖なる女性。一八九五・九月二十六日　ホテル・ロイヤル・ダニエリ」（田之倉稔訳）とは、のちに発表される詩人の「手帳」に見える言葉である。二人の関係はその後十年ばかり続いたが、一九〇五年、ドゥーゼは突然詩人の許を去った。その明確な理由は不明である。作中のガッティとの情事におけるように、ダヌンツィオがほかの女性に心を移したことが別れの原因とする説もあるが（具体的には、詩人の留守中、ドゥーゼが部屋にほかの女のヘアーピンを見つけ、事情を悟って立ち去ったというもの）、作中のドゥーゼ同様、女優はダヌンツィオにとって、本来性的というより精神的な存在であり、――ヴィットリアーレ邸の書斎に、詩人はドゥーゼの石膏のトルソーをおき、彼女亡き後は、たえずその像を見つめ、在りし日の恋人の姿を偲んでいた――ドゥーゼもそのことをよく心得ており、詩人の多少の色恋沙汰に動じるようなことはなかったと言われるから、上記の説は説得力を欠く。別れてから十年後、二人はミラノで再会した。これを機に、ダヌンツィオはドゥーゼに会うため、その後もしばしばミラノを訪れている。ドゥーゼに、詩人への愛が失せたとは思えない。女優がダヌンツィオと別れたのは、二人の間にあった「母子の紐帯」を断ち切って、あくまで詩人にその本分を果たさせようとする、彼女のアガペー故ではなかったか。

作者キングは、母との濃密な関係を生きた作家である。母子の情愛の深さにひそむ危険性についても知悉していた。自身と母親との関係を、ダヌンツィオとドゥーゼとのそれに重ね合わせ、作家は己れの陰画として『炎の恋人』のダヌンツィオを書いたのであろう。


先に刊行した『感情教育』の「あとがき」にも書いたように、作品を訳出するにあたって用いたテキストは、キングが晩年私の許に送ってきた草稿であって、作家の厳密な校正を経て刊行されたものではない。従って作品には、いくつか見逃し得ない誤りがあり、出版・上演を念頭においた翻訳においては、『感情教育』の場合と同様、若干の修正を余儀なくされた。

本作最大の欠陥は、第一幕第二場と、その夜の出来事が扱われている同幕第三場および第四場との時間上の齟齬である。前者の冒頭のト書きは、原文では 1986. Venice. *A late autum* afternoon となっているのだが、後者の第一幕第三場で云われている「炎と水の祭典」は明らかに夏の祭りであり（私見によれば、キングはこの場面を七月十四日かの町で催されるレデントーレ祭を念頭に書いている）、その翌朝という設定になっている同幕第四場では、早朝砂島群《リド》を目差して泳いだダヌンツィオが、迎えのゴンドラの中で、「真夏の死」を幻視しているのである。わずか二十時間内の出来事を、片や晩秋片や夏の盛りとしているこの構造上の矛盾を緩和するため、キングとの議論の末、第一幕第二場のダヌンツィオとドゥーゼの逢い引きは、九六年の初秋（実際の二人に恋が生まれて丁度一年後）と改めることとなった（尚、本作のト書きについては、構成上の統一をはかるため、作者の了解を得て、私が手を加えた部分が他にも幾つかある）。だが誰の目にも明瞭なこの構成上の誤りは、本来このような小手先の修正でぬぐい去ることのできるものではなく、失敗作という誹《そしり》は、本作に関する限り免れ得ないものである。テキストに添えられた作家の手紙には、「テューティンは初めこの作品を大変気に入っているようでしたが、次第にテレビの仕事が忙しくなり、それにつれて、彼女から作品上演の熱意は失せていったようです」とあったが、この著名な女優が結局本作に食指を動かさなかったのは、テレビの仕事が忙しくなったからというよりは、恐らく作品の構造上の誤りに気付いたからであろう。辻邦生は「『雲の宴』を書き終えて」と題する一文の中で、「小説家には大理石を削り取ってゆく彫刻家タイプと、心棒に粘土を盛り上げてゆく塑像家タイプがある」と述べているが、辻や三島由紀夫が、「彫る前に像の形が大理石塊の中に見えてい」る彫刻家タイプであるのに対し、キングは、明らかに、心棒に粘土を置くたびに全体像が変わってゆく塑像家タイプである。そして彼に特徴的なのは、さながら伝統的な日本の作家のように、細部への関心が全体へのそれに勝るということである。こうした精神の形《かた》は、作家をして、成功した場合、たとえば『闇の行為』の折りのように、一作の中に三つの文体を導入して、驚愕すべき傑作を生み出させもするが、反面一歩誤ると、本作に見られるような初歩的な誤りをおかさせることにもなるのである。

　このことと関連して、本作の欠陥として、さらに、登場人物が屢々《しばしば》——もちろんゲーテの『ファウスト』中の「古典的ワルプルギスの夜」ほどではないが——本筋とは必ずしも関係のない長広舌をふるう例があげられよう。たとえば、第二幕第一場でダヌンツィオの語る「ルーマニア出の一寸《ちょっと》したユダヤ人の資産家を亭主にしていた」女友達についての思い出話や、それに続くカトリック教会内での女性信徒たちの礼拝模様、あるいは第二幕第五場のドゥーゼの語る「私のかつてのロマンティックな大恋愛」の挿話等、これらは削除した方が、作者の呈示する主題がよりくっきりと浮かび出たことだろう。

このような欠陥を有する作品の訳出には、勿論それなりの躊躇もあるにはあったが、最終的に翻訳を決心したのは、この作品が、長年厚い友情を示してくれた英国の長老作家から託されたものであるという事実もさることながら、本作は、創造的生についての、上に挙げた誤りを相殺するだけの深く鋭い洞察を具えていると確信した故である。

こうした困難もあって、今回の『炎の恋人』翻訳にあたっては、これまでにもまして多くの方々よりご支援を賜った。まずその筆頭に挙げねばならぬのは、キングの高弟の一人、英文学者で京都大学名誉教授の小畠啓邦氏である。十九世紀末ヨーロッパの三大女優といえば、言うまでもなく、サラ・ベルナールとエレン・テリーと、本作の主人公エレオノーラ・ドゥーゼであるが、ミュシャのポスターで有名なサラや、G・F・ワッツの数々の名画のモデルとなったエレンに較べると、ドゥーゼは私には馴染みのない女優であり、その生涯についても、ダヌンツィオの恋人であったという事実以外は全くといってよいほど知らなかったが、そんな私に、小畠氏は、「亡き父の蔵書の中の一冊」として、娘時代から壮年期を経て晩年へと至るドゥーゼの鮮明な写真を掲載するE. A. Rheinhardtの *The Life of Eleonora Duse* を贈って下さったのである。女優の三十代初めに筆の及ぶ、このドゥーゼ伝の第六章「進歩《プログレス》」を読むに至って私は確信した、『炎の恋人』

執筆にあたって、キングは必ずやこの書を耽読したであろうと。小畠氏のご厚意に感謝する次第である。また本戯曲の訳出にあたっては、イタリア語の心得は無論のこと、ドゥーゼとダヌンツィオの活躍した当時のイタリア演劇界の状況や、本作品に登場するイタリア人俳優についての理解が不可欠であるが、これらの事柄について、イタリア演劇がご専門の元明治大学文学部教授山田恒人氏に逐一ご教示頂いた。加えて、本戯曲の作者自身による解題「ガブリエーレ・ダヌンツィオの『炎』」は、特にこちらの求めに応じて書かれたものであるが、もはや私にその時間的余裕がないことから、いまは亡きわが畏友、平井雅子神戸女学院大学教授の愛弟子、門口弘枝さんに翻訳をお引き受け頂いた。お二人のご協力に心より感謝したい。

なお、本書の表紙絵についても、私は一言述べなければならない。この訳書の表紙を飾るのは、原撫松《はらぶしょう》（一八六六〜一九一二）の、ターナー作「サン・ベネデット、フジーナの眺め」の模写「ヴェニス」で、大正元（一九一二）年八月十日発行の「美術新報」（第十一巻第十号）に「ターナー筆」としてその図版が掲載されたものからの転載である。現在の日本に洋画家原撫松の名を知る人は少ないが、原は「技法、材料と表現を高いレベルで統一し、油絵本来のマティエールを獲得するべく努力した希有な画家である」（歌田眞介「原撫松の油絵技法——油絵本来のマティエール——」）。この歌田氏の言葉を裏付けるように、原は留学先の英国においても、彼の地の時の大美術批評家マリオン・スピールマンにその技量を絶讃されたのであるが、不幸にして、帰国後間もなく不治の病に倒れ、生前は遂に一度も作品を公にすることなく逝った。享年四十六歳。類《たぐい》まれな才能を持ちながら、人生の明暗という点では、同い年の黒田清輝とは、まさに対照的であった。

現在は失われて存在しない原の「ヴヱニス」について私が知ったのは、わが国における原の代表的研究者の一人、郡山市立美術館の学芸員菅野洋人氏の論考「ロンドンの原撫松」によってであるが、『炎の恋人』の翻訳・刊行を決めたとき、その表紙絵は原の「ヴヱニス」と決めていた。今回その思いが叶ったのは、かの「美術新報」を個人所有されていた菅野氏が、私の求めに応じて、快くこの貴重な美術誌をお貸し下さったからである。菅野氏のご厚意に深謝する次第である。それから、本訳第一幕第三場で主人公等の朗唱するシェイクスピアの『ロミオとジュリエット』の科白については福田恆存訳を、またエピローグでダヌンツィオの暗唱する『聖セバスチャンの殉教』の一節については、キングの友人でもあった三島由紀夫訳を使用したことをお断りしておく。筆を擱《お》くにあたり、本書出版の機会を与えて下さった未知谷社長飯島徹氏と、実際の編集作業に携わって下さった伊藤伸恵氏に心よりお礼申し上げる。

横島昇

二〇一九年初秋

Francis King

1923年スイス生まれ。幼年時代を父親の勤務地インドで過ごす。オクスフォード大学で古典学を専攻、学生時代『暗い塔へ』で文壇デビュー。1949年よりブリティッシュ・カウンシルに入り、イタリア、ギリシア、エジプト、フィンランドに赴任、行く先々の国を舞台に小説を発表する。1959年より63年までブリティッシュ・カウンシル京都支部長として日本に滞在。日本勤務を最後にブリティッシュ・カウンシルを去り、帰英して文筆に専念。代表作に日本を舞台にした『税関』のほか、1951年『隔てる川』（サマセット・モーム賞）、1964年『日本の雨傘』（キャサリン・マンスフィールド短篇賞）、1970年『家畜』、1978年『E.M.フォースター評伝』、1983年『闇の行為』（「ヨークシア・ポスト」小説部門年間最優秀賞）などがある。1978年から85年まで英国ペンクラブ会長、翌86年から89年まで国際ペン会長を務める。長年にわたるその優れた業績により、1985年、英国王室よりコマンダー勲章（the C.B.E.）を、2000年、英国ペンクラブより金ペン賞を、そして2011年、王立文学協会よりベンソン・メダルを授与される。2011年7月3日、ロンドンにて死去。

横島昇（よこしま のぼる）

1953年京都府に生まれる。1976年京都外国語大学卒業、80年同大学院修士課程修了。著書に『フランシス・キング　東西文学の一接点』（こびあん書房、1995）、『ガラシャの祈り』（未知谷、2019）。訳書にフランシス・キング『日本の雨傘』（河合出版、1991）、郡虎彦『郡虎彦英文戯曲翻訳全集』（未知谷、2003）、フランシス・キング『家畜』（みすず書房、2006）、フランシス・キング『感情教育』（未知谷、2019）。

門口弘枝（もんぐち ひろえ）

1976年大阪府に生まれる。1999年神戸女学院大学卒業、2004年同大学院博士後期課程単位取得退学。神戸女学院大学、関西学院大学、帝塚山大学、関西外国語大学非常勤講師。主要論文“Consideration of Spirituality in D.H. Lawrence's *Sons and Lovers*”（*The Edgewood Review*, 2004）、『今日の世界と文学の対話』（共訳）（大阪教育図書、2006）。

炎の恋人

二〇一九年九月二十八日印刷
二〇一九年十月 十 日発行

著者 フランシス・キング
訳者 横島昇
発行者 飯島徹
発行所 未知谷
東京都千代田区神田猿楽町二-五-九
〒一〇一-〇〇六四
Tel.03-5281-3751 / Fax.03-5281-3752
［振替］00130-4-653627

組版 柏木薫
印刷 モリモト印刷
製本 難波製本

Publisher Michitani Co. Ltd., Tokyo
ISBN978-4-89642-590-1　C0098